Pussikaljakesä

Teppo Marttinen

Pussikaljakesä

FSC
www.fsc.org
MIX
Paperi vastuul-
lisista lähteistä
Paper from
responsible sources
FSC® C105338

Kustantaja: BoD – Books on Demand,
Helsinki, Suomi
Valmistaja: BoD – Books on Demand,
Norderstedt, Saksa

ISBN: 978-952-80-6137-3

Sisällysluettelo

Päätös elämänmuutoksesta

"Joko löydän tien tai teen sen", sanoi
aikoinaan karthagolainen sotapäällikkö
Hannibal. Hän keksi aina uusia ja
odottamattomia tapoja hyökätä vihollisen
kimppuun. Kun Roomaan hyökkääminen
mereltä osoittautui mahdottomaksi, hän
yllätti roomalaiset johtamalla armeijansa ja
sotanorsunsa sinne Alppien yli. Tämä on
tarina Tonista, joka myös etsi vielä omaa
tietänsä ja päätti tehdä yllättäen täydellisen
elämänmuutoksen olleessaan 17-vuotias.

Toni oli asunut koko lapsuutensa ja
siihenastisen nuoruutensa Anjalankoskella, ja
vielä tarkemmin sanottuna Anjalassa, joka
kuului Inkeroisten taajamaan.
Anjalankoskella asui hieman yli 16 000
asukasta, joten se oli varsin pienikokoinen

kaupunki. Kaupungissa oli kaksi suurempaa taajamaa: Inkeroinen ja Myllykoski, sekä pienempiä kyliä. Toni asui Anjalassa omakotitalossa vanhempiensa luona, aivan Kymijoen rannassa, vain kivenheiton päässä Inkeroisten keskustasta.

Toni oli aina ollut hyvä oppilas koulussa, ja arvosanat olivat olleet pääasiassa hyviä. Vapaa-aikansa hän lähinnä vietti kotonaan pelaillen tietokonepelejä, sekä harjoitellen shakin avauksia ja taktiikoita. Toni olikin loistava shakinpelaaja, ja usein vapaa-ajalla vanhemmat veivät häntä turnauksiin pelaamaan shakkia. Kavereita hän näki harvoin, ainoastaan koulussa. Vapaa-aika kului pääasiassa kotona, eikä Toni ihmeemmin kaivannut muiden ihmisten seuraa.

Elettiin vuoden 2007 kevättä, ja Toni oli juuri saamassa päätökseen toisen vuotensa Anjalankosken lukiossa, joka sijaitsi Inkeroisissa. Tonin elämä oli ollut pääasiassa

8

hyvää, mutta hän oli viime aikoina alkanut ymmärtämään, miten tylsää hänen elämänsä oikein oli. Hän oli täyttämässä 18 vuotta myöhemmin tuona vuonna, eikä hän ollut koskaan oikeastaan tehnyt elämässään mitään hauskaa. Hänellä ei ole ollut tyttöystävää, eikä hän ollut muutenkaan tyttöjen kanssa tekemisissä vapaa-ajallaan. Toni ei ollut koskaan edes suudellut ketään tyttöä. Hän ei ollut teini-ikänsä aikana mitenkään erityisen kiinnostunut alkoholin juomisesta tai humaltumisesta, eikä myöskään ollut kiinnostunut viettämään aikaa toisten saman ikäisten kanssa vapaa-aikanaan. Juuri tuona keväänä Toni päätti, että hän tarvitsee viimeinkin täydellisen elämänmuutoksen. Shakin taktiikat ja tietokonepelit saivat nyt jäädä menneisyyteen. Oli jo aika alkaa elämään oikeaa elämää ja pitämään hauskaa, niin kuin muutkin 17-vuotiaat.

Lukiossa Tonin kanssa samalla luokalla oli kolme kaveria, keiden kanssa hän pääasiassa vietti aikaa niin oppitunneilla kuin välitunneillakin. Tämä neljän hengen porukka tuli hyvin toimeen keskenään. Tonin lisäksi tähän porukkaan kuuluivat Markus, Oskari ja Mikko. Oskari oli täyttänyt jo alkuvuodesta 18 vuotta ja oli vielä toistaiseksi porukan ainoa täysi-ikäinen. Toni, Markus ja Mikko olivat vielä 17-vuotiaita ja tulisivat täyttämään 18 myöhemmin saman vuoden aikana. Markus oli kuitenkin aiemmin tuona keväänä lähtenyt Kanadaan vierailemaan sukulaistensa luona ja hän oli viettämässä siellä aikaa useamman kuukauden. Porukka oli siis väliaikaisesti kutistunut kolmihenkiseksi.

Eräänä päivänä tuona keväänä lukion ruokalassa kolmikko otti tuttuun tapaansa pöydän itselleen lounasaikana. Oskari ja Mikko alkoivat juttelemaan keskenään viikonloppusuunnitelmistaan. He olivat menossa "Krisun" luo ryyppäämään perjantaina. Krisun oikea nimi oli Kristian, mutta sitä nimeä ei juuri kukaan käyttänyt. Kaikki tunsivat hänet Krisuna. Tämä oli se hetki, kun Toni tunsi viimein hetkensä koittaneen.

"Hei, voisinko mä tulla teidän kanssa Krisulle myös?" Toni kysyi.

"Niinkö? Joo, etköhän säkin voi tulla. Me ilmoitetaan Krisulle, että me otetaan yksi tyyppi mukaan", Mikko sanoi.

Mikko ja Oskari olivat hieman hämmästyneitä, koska tämä oli ensimmäinen kerta, kun Toni pyysi päästä mukaan johonkin illanviettoon. Mikko, Oskari ja Kristian olivat olleet samalla luokalla yläasteella ja tunsivat toisensa hyvin. Toni ei tuntenut Kristiania yhtä hyvin, mutta hekin olivat tuttuja. Toni oli yläasteella ollessaan pitänyt hetken omaa shakkikerhoa, jossa Krisu oli käynyt myös pelailemassa shakkia. Siellä Toni ja Krisu olivat tutustuneet. Kovin montaa ihmistä näissä shakki-illoissa ei käynyt, mutta Krisu oli tullut sinne jokaisena kertana, kun se järjestettiin. Toni oli myös yläasteella kasannut joukkueen shakin koulujoukkueiden SM-kisoihin kahtena vuonna peräkkäin, ja Krisu oli ollut mukana molempina vuosina. Joukkue oli jopa sijoittunut toiseksi, kun he olivat olleet ysiluokkalaisina Oulussa toisena vuonna pelaamassa. Yläasteen jälkeen Toni ja Krisu eivät olleet enää tekemisissä keskenään, eivätkä olleet nähneet toisiaan sen jälkeen. Krisu oli nimittäin suunnannut ammattikouluun lukion sijasta. Tonista ajatus tuntui kivalta, että hän näkisi Krisun taas pitkästä aikaa. Mikko ja Oskari päättivät myös, etteivät kerro Krisulle etukäteen, kenet he ottavat perjantaina mukaan, vaan se tulisi olemaan yllätys.

Perjantai koitti pian ja kolmikko oli sopinut tapaavansa Inkeroisten keskustassa kaupan edustalla ennen Krisun luokse siirtymistä. Pojat menivät kauppaan ja ottivat juomaosastolta mukaan neljä mäyräkoiraa, eli kahdentoista lasipullon olutpakkausta, yksi jokaiselle siis. Koska Oskari oli porukan ainoa täysi-ikäinen, niin hän hoiti maksamisen kassalla. Toni hieman ihmetteli, kun myyjä ei kysynyt henkilöllisyystodistusta häneltä tai Mikolta, jotka selkeästi olivat samaa porukkaa Oskarin kanssa. Maksamisen jälkeen porukka otti mäyräkoirat kantoon, ja he lähtivät kävelemään kohti Krisun asuntoa, johon ei ollut pitkä matka kaupalta. Krisu asui kerrostaloasunnossa äitinsä kanssa, mutta hänen äitinsä oli poissa kotoa tuon viikonlopun. Krisukin oli täyttämässä 18 vuotta vasta kesällä, joten tämän takia Oskarin piti hoitaa kaljaostokset kaikille neljälle. Kolmikko saapui Krisun asunnon oven luo ja soitti ovikelloa. Hetken kuluttua oven tuli avaamaan Krisu, joka huomasi kolme nuorta miestä seisomassa oven edustalla neljän mäyräkoiran kanssa.

"Toni! Pitkästä aikaa näkee suakin. Mä jotenkin arvasin, että sä olet se kolmas, joka tänne tulee", sanoi Krisu.

"Minähän se olen", sanoi Toni ja epäili hieman, oliko Krisu oikeasti arvannut oikein, kuka tämä yllätysvieras olisi.

"En tiennyt, että säkin ryyppäät nykyään. Luulin, että sä et edes juo alkoholia.", Krisu sanoi.

"Kyllä mä juon", Toni totesi.

Toni oli kyllä aiemminkin juonut alkoholia, mutta tuo ilta oli hänelle myös uusi kokemus, sillä se oli ensimmäinen kerta, kun hän oli lähtenyt kaveriporukalla viettämään perjantai-iltaa alkoholin juomisen merkeissä. Porukka siirtyi sisälle, juomat laitettiin jääkaappiin ja jokainen korkkasi heti oluen. Toni ei hirveästi pitänyt oluen mausta, mutta ymmärsi, että hänen pitäisi humaltua voidakseen pitää hauskaa tuona iltana, joten hän ei antanut maun haitata tuota kokemusta.

Pojat juttelivat niitä näitä ja kuuntelivat musiikkia. Uudet oluet korkattiin aina, kun edelliset oli saatu tyhjäksi. Toni huomasi illan aikana olohuoneen seinälle ripustetun hopeisen mitalin, joka näytti hyvin tutulta. Krisu oli erityisen ylpeä hopeamitalistaan, minkä hän oli saanut shakin koulujoukkueiden SM-kisoissa Oulussa, kun hän oli ollut Tonin kasaamassa joukkueessa mukana. Kisamatka Ouluun oli ollut varsin hauska kokemus silloisille ysiluokkalaisille, ja Krisu kertoikin hauskimpia juttuja näistä kisoista useamman kerran tuon illan aikana. Erityisen hauska tarina oli ollut se, kun erään vantaalaisen koulun joukkueen huoltaja oli lukinnut yöllä luokkahuoneen oven, missä Inkeroisten yhteiskoulun joukkueen pelaajien oli tarkoitus majoittua pelipäivien välisenä yönä. Poikien makuupussit ja muut tavarat olivat jääneet lukittuun luokkahuoneeseen, joten heidän ei auttanut muu, kuin yrittää nukkua kyseisen koulun käytävän lattialla,

ilman makuupussejaan. Tuo vantaalainen
keski-ikäinen mies oli käyttäytynyt koko
kisojen ajan asiattomasti kisan tuomareita ja
pelaajia kohtaan, joten Inkeroisten joukkueen
pojat arvelivat hänen lukinneen heidät
tahallaan ulos, sillä olihan Inkeroisten
joukkue menestynyt ensimmäisenä
pelipäivänä huomattavasti paremmin kuin
Vantaan joukkue.

Illan edetessä pidemmälle etenkin Mikko
alkoi olla jo selkeästi hyvin humalassa. Hän
oli nimittäin ehtinyt juoda nopeaan tahtiin
useamman oluen kuin muut pojat. Mikon
käytös alkoi muuttua rasittavaksi muiden
mielestä. Toni ei ollut mitenkään tottunut
juomaan olutta ja häntä alkoi oksettamaan
muutaman pullon juotuaan. Toni ryntäsi
asunnon parvekkeelle ja oksensi suoraan
parvekkeelta alas kerrostalon etupihalle.

"Kävitkö sä laattaamassa siellä
parvekkeella?" Krisu kysyi Tonilta.

16

"Joo", hän vastasi.

"Ota lisää kaljaa. Se auttaa", sanoi Krisu.

Toni menikin jääkaapille ja korkkasi itselleen uuden oluen. Oksentaminen oli auttanut, koska paha olo oli kadonnut sen myötä. Pojat jatkoivat juomista, ja Toni nautti suuresti tästä kokemuksesta. Hänestä tuntui kivalta humaltua ja jutella kavereiden kanssa, ja Toni ihmettelikin, miksi hän ei ollut harrastanut sitä jo aiemmin. Muut hänen ikäisensä nuoret olivat tehneet sitä jo useamman vuoden ajan. Tämä oli se ilta, kun Toni huomasi miten hauskaa nuoren ihmisen elämä voi olla, kunhan viettää vapaa-aikaansa kodin ulkopuolella. Enää viikonloput eivät tulisi kulumaan tietokonepelejä pelaten, vaan hän alkaisi pitämään hauskaa. Nyt olisi aika muuttua kokonaan uudeksi ihmiseksi.

Jossain vaiheessa yötä Toni, Mikko ja Oskari päättivät lähteä kotiin. Mikko oli kovassa humalassa ja piti kovaäänistä meteliä rappukäytävässä, kun he kävelivät kerrostalon portaita alas. Tulipa joku naapurikin valittamaan metelistä heille. Pojat lähtivät eri teille, ja Toni lähti myös kävelemään kotiaan kohti sillan yli joen toiselle puolelle. Paluuta entiseen ei enää ollut. Vastaisuudessa Tonin perjantai-illat tulisivat olemaan tuon illan kaltaisia.

Välikohtaus
Opistonrannassa

Elettiin toukokuun loppua, ja Tonilla oli lukion toinen lukuvuosi päättymäisillään. Oli tavallista, että lukuvuoden päättyessä nuoriso kokoontui jonnekin juhlistamaan koulujen päättymistä alkoholin ja hauskanpidon merkeissä. Toni ei ollut aikaisempina vuosina välittänyt osallistua näihin kokoontumisiin, mutta tuona vuonna hän halusi ehdottomasti mukaan. Mikko ja Oskari olivat aiempina vuosina olleet juhlistamassa koulujen päättymistä, joten Toni tiesi keiden puoleen kääntyä asiassa. Viimeisenä kouluviikkona Toni päätti mennä jututtamaan Mikkoa ja Oskaria välitunnin aikana.

"Hei, onkos suunnitelmia perjantaiksi? Olisi kiva vähän juhlia kouluvuoden päättymistä", Toni sanoi korttia pelaaville Mikolle ja Oskarille.

"Joo, eiköhän sitä voisi taas mennä Oppariin. Voidaan mennä vaikka kolmistaan sinne", sanoi Mikko.

Opistonranta, nuorten keskuudessa "Oppari", oli puisto Kymijoen rannassa Inkeroisten puolella jokea. Se oli yleinen nuorison kokoontumispaikka etenkin viikonloppuisin ja niinä päivinä, kun oli syytä juhlia jotain. Koulujen päättyminen oli perinteisesti ollut tällainen päivä. Odotettavissa oli, että suuri osa Inkeroisten nuorisosta olisi siellä tuona perjantaina koulun päättyessä ja kesälomien alkaessa. Toni, Mikko ja Oskari sopivat näkevänsä toisensa keskustan kauppojen edustalla alkuillasta ja suuntaavansa siitä yhdessä Oppariin, kunhan olisivat hakeneet ensin juomista kaupasta.

Perjantaina lähellä sovittua kokoontumisaikaa Toni saapui kaupan edustalle, ja hetken kuluttua Mikkokin saapui paikalle. Jonkin aikaa odoteltuaan he näkivät myös Oskarin kävelevän paikalle.

"Mä en tänään jaksakaan juoda. Käyn vaan ostamalle teille kaljat ja lähden takaisin kotiin", Oskari sanoi pojille.

Toni ja Mikko hieman ihmettelivät Oskarin yllättävää ilmoitusta, mutta eivät antaneet sen hirveästi haitata. Opparista löytyisi kyllä muitakin tuttuja, joten heitä ei haitannut, että he joutuisivat menemään sinne kahdestaan. Oskari kävi hakemassa mäyräkoirat molemmille ja lähti itse kävelemään takaisin kotiinsa päin. Oli kuitenkin reilu teko Oskarilta tulla ostamaan juomat Tonille ja Mikolle, koska kumpikaan heistä ei ollut vielä täysi-ikäinen.

Pojat ottivat oluet kantoon ja lähtivät kohti Opistonrantaa. He olivat suhteellisen aikaisin

liikkeillä, koska puistossa ei ollut vielä
hirveästi väkeä heidän saapuessa sinne. Toni
ja Mikko liittyivät aluksi porukan seuraan,
jonka jäsenet olivat vuoden verran heitä
nuorempia. He olivat saman lukion
ekaluokkalaisia, joten he olivat tuttuja
ainakin koulun käytäviltä. Porukassa oli eräs
aika hyvännäköinen tyttö, joka kysyi Tonilta,
voisiko hän tarjota hänelle yhden oluen
mäyräkoirastaan. Toni tietysti suostui tähän
ja ojensi yhden oluen tytölle. Aika kului
hyvin tämän porukan kanssa, ja hetken päästä
tyttö kysyi Tonilta, voisiko hän tarjota toisen
oluen hänelle. Tässä vaiheessa Toni tajusi,
ettei tämä tyttö ollut ottanut ollenkaan omia
juomia mukaan, vaan ilmeisesti aikoi
pummia niitä muilta ihmisiltä koko illan.
Toni kuitenkin suostui tähän ja ojensi toisen
oluen tytölle. Kyllähän noin hyvännäköistä
tyttöä voi miellyttää tarjoamalla pari olutta,
hän ajatteli. Hetken päästä Toni ja Mikko
päättivät lähteä tästä porukasta jatkamaan

iltaansa muualle puistoon. Oppari oli jo alkanut täyttyä ihmisistä, ja he päättivät mennä kiertelemään puistoa, jos sieltä vaikka löytyisi tuttuja ihmisiä. Hetken aikaa käveltyään puistossa, äskeisessä porukassa ollut tyttö tuli Tonin luokse ja kysyi:

"Hei, voisitko vielä tarjota yhden kaljan mulle?"

"Sori, en pysty nyt tarjoamaan enempää. Mulle ei muuten enää itselle riitä niitä", Toni vastasi.

Tyttö lähti pois tämän kuultuaan. Tonille jäi tunne, että häntä haluttiin vain käyttää hyväksi, joten hän ei halunnut tarjota enempää vähistä oluistaan. Joen rannasta löytyi porukkaa, jotka olivat olleet yläasteella samaan aikaan Tonin ja Mikon kanssa, joten jäivät sinne istuskelemaan ja viettämään iltaa. Ilta kului mukavasti olutta juodessa ja ihmisten kanssa jutellessa. Porukkaan oli liittynyt myös eräs Anni, joka tuntui selkeästi pitävän Tonista. Anni ei ollut Inkeroisista kotoisin, vaan hän oli tullut jostain kauempaa viettämään iltaa Inkeroisiin. Toni oli tuossa vaiheessa iltaa jo sen verran päihtynyt, että hän makoili nurmikolla selällään. Toni kuitenkin pian havahtui siihen, että Anni oli tullut häneen päälleen ja alkanut suudella häntä. Tämä oli Tonin ensisuudelma, ja hänestä tuntui hieman koomiselta, että se tapahtui jonkun tuntemattoman tytön kanssa, kun hän makasi kännissä nurmikolla. Anni ei ollut mitenkään kovin hyvännäköinen, mutta tämä tilanne oli Tonille täysin uusi kokemus, joten häntä se ei haitannut juurikaan.

Toni siirtyi Annin kanssa puistossa hieman syrjemmälle paikalle, jotta he voisivat olla kahdestaan. Mikkokin oli jo kadonnut johonkin joen rannasta, eikä Toni ollut nähnyt, mihin hän oli mennyt. Toni ja Anni löysivät paikan pensaiden suojista, missä ei ollut muita ihmisiä. Siellä he jatkoivat toistensa syleilyä ja suutelemista ja juttelivat keskenään. Anni jopa ehdotti, että he voisivat nähdä toisensa uudestaan, seuraavalla kerralla kun hän olisi tulossa Inkeroisissa käymään. Hetken kuluttua Annin mieliala muuttui hyvinkin synkäksi ja hän purskahti itkuun. Anni juoksi pois Tonin luota, ja Toni jäi yksin ihmettelemään, mitä juuri oli tapahtunut. Hetken aikaa istuskeltuaan yksin, hän totesi, että Anni tuskin tulee enää takaisin, joten Toni päätti lähteä etsimään Mikkoa, jotta voisi jatkaa iltaa hänen kanssaan.

Mikko löytyi toiselta puolelta puistoa joidenkin ihmisten seurasta, keitä Toni ei tuntenut. Mikko oli tyypilliseen tapaansa jo aika päissään, mutta hauskaahan sinne oli tultu pitämään. Hetken aikaa Mikon ja muiden ihmisten seurassa oltuaan, Tonia lähestyi selkeästi häntä hieman vanhempi mies, ehkäpä 20-vuotias.

"Mitä te oikein teitte Annin kanssa tuolla?" hän kysyi Tonilta vihaisesti.

"Ei mitään ihmeellistä. Kuinka niin?" Toni vastasi ja ihmetteli, kuka tämä mies oli ja miksi hän oli niin tuohtunut.

"Nuo Annin kaverit tuolla kertoivat, että sä olet raiskannut Annin", mies sanoi.

"Mitä? En todellakaan ole", vastasi Toni.

Annin kaverit olivat nähneet Annin juoksevan itkien pois Tonin luota, joten he varmasti luulivat, että jotain pahaa oli sattunut.

"Tuolla on poliisit paikalla, joten kannattaa mennä selvittämään asia", mies sanoi.

Toni huomasi, että puistossa oli tosiaan poliisiauto, joten hän lähti kävelemään autoa kohti. Ei kai Anni oikeasti väitä minun raiskanneen häntä, Toni mietti ja tajusi olevansa pahoissa ongelmissa, jos asia olisi niin. Toni käveli kohti sinisiin haalareihin pukeutunutta miespoliisia.

"Hei, oletko sinä Toni?" poliisimies kysyi.

"Joo, kyllä olen", Toni vastasi.

"Mennään tuohon autoon vähän juttelemaan ja selvittämään mitä on tapahtunut."

Toni istahti auton takapenkille ja huomasi, että etupenkillä istui toinen poliisi, mutta naispuolinen. Toni alkoi hieman häpeissään kertomaan hänen iltansa tapahtumien kulkua Annin kanssa näille kahdelle poliisille. Häntä hieman jännitti, mitä tulisi tapahtumaan. Hetken kuluttua Anni saapui myös paikalle, ja hänet laitettiin istumaan takapenkille Tonin viereen. Anni kertoi myös oman versionsa tapahtumien kulusta, ja tarinasta kävi ilmi, ettei mitään raiskausta ollut tapahtunut. Vaikutti siltä, että Annin kaverit olivat vain pahasti ylireagoineet tilanteessa ja sen takia soittaneet hätäkeskukseen. Asia saatiin selväksi, ja Toni ja Anni saivat lähteä autosta jatkamaan iltaansa. Anni lähti saman tien toiseen suuntaan kuin Toni, eikä sanonut hänelle mitään. Anni ei ollut autossa ollessaan edes vilkaissut Tonia. Häntä

27

varmasti hävetti suuresti, että Toni oli
joutunut tuollaiseen tilanteeseen hänen
kavereidensa takia.

Kyseinen välikohtaus oli latistanut Tonin
mielialaa aika paljon ja hän päätti, että olisi
parempi lähteä kotiin. Hänen ei oikein enää
tehnyt mieli jäädä puistoon pidemmäksi
aikaa. Toni lähti ylittämään jokea siltaa
pitkin, päästäkseen Anjalan puolelle ja kotiin.
Tonin ensisuudelma oli ollut ainakin
unohtumaton kokemus, vaikkei ollutkaan
kovin mieluisa illan päättyessä poliisiauton
takapenkille. Toni ei enää nähnyt Annia tuon
illan jälkeen eikä kuullut Annista sen
koommin.

Juhannus Myllykoskella

Anjalankosken kaupungissa oli kaksi
suurempaa taajamaa: Inkeroinen ja
Myllykoski, jotka sijaitsivat noin 10
kilometrin päässä toisistaan. Paikalliset
asukkaat tosin harvemmin käyttivät virallisia
paikkojen nimiä, vaan ne tunnettiin yleisesti
lempinimillään "Inksa" ja "Mylsä". Myös
Anjalassa asuvat henkilöt luokiteltiin usein
"inksalaisiksi", koska Anjala kuului
Inkeroisten taajama-alueeseen. Inksalaiset ja
mylsäläiset eivät hirveästi olleet tekemisissä
toistensa kanssa. Sekä Inkeroisista että
Myllykoskelta löytyi omat peruskoulunsa
sekä lukionsa. Toni oli aloittanut opiskelunsa
Inkeroisten lukiossa, kunnes molempien
taajamien lukiot päätettiin yhdistää
Anjalankosken lukioksi. Yhdistetyn lukion

paikaksi päätettiin Inkeroinen, joten tämä tarkoitti, että mylsäläiset tulivat samaan kouluun inksalaisten kanssa, kun heidän toinen lukiovuotensa alkoi. Hyvin pitkän aikaa lukiolaiset olivatkin jakaantuneet omiin porukoihinsa. Inksalaiset viettivät aikaa keskenään, ja mylsäläiset viettivät aikaa oman porukkansa kanssa. Vasta kevätlukukaudella näiden kahden eri alueen oppilaat alkoivat enemmän tutustua toisiinsa. Toni oli ystävystynyt Matiaksen kanssa valinnaisilla ATK:n tunneilla. Matias oli jo täyttänyt 18 vuotta ja hänellä oli oma autokin, millä hän ajeli päivittäin kouluun Myllykoskelta. Tonin kautta myös Oskari ja Mikko olivat oppineet tuntemaan Matiaksen.

Kesäloma oli alkanut ja elettiin ensimmäistä viikkoa, kun Tonilla ei ollut koulua. Toni istui tietokoneen ääressä ja piti "Meseä", eli MSN Messenger -ohjelmaa auki, minkä kautta pystyi juttelemaan kavereille internetin välityksellä. Matias otti Toniin yhteyttä

Mesessä ja kertoi, että hänen kaverinsa
Tommi oli täyttämässä viikonloppuna 18
vuotta, ja kysyi mikäli Toni haluaisi myös
tulla mukaan Tommin 18-vuotisjuhliin.
Tommi kävi myös samaa lukiota, mutta Toni
ei häntä tuntenut kovin hyvin. Tonia tietenkin
kiinnosti hyvät bileet ja hän suostui
lähtemään mukaan. Myös Oskari halusi
lähteä mukaan, vaikkei hänkään juuri
Tommia tuntenut. Mikolla sen sijaan oli jo
jotain muuta menoa viikonlopuksi.

Perjantaina Matias tuli autollaan hakemaan
Tonin ja Oskarin Inkeroisista. Heidän ei
tarvinnut hakea kaupasta olutta, koska
Tommin vanhemmat olivat hakeneet paljon
juomia Tallinnasta hänen 18-vuotisjuhliinsa.
Matias, Toni ja Oskari saapuivat Tommin
juhliin, jotka olivat hänen kotonaan
Ummeljoella. Ummeljoki sijaitsi
Myllykosken vieressä joen toisella puolella ja
kuului Myllykosken taajama-alueeseen,
vähän samanlainen paikka kuin Anjala siinä

31

mielessä. Toni ja Oskari olivat ainoat inksalaiset näissä bileissä, kaikkien muiden ollessa mylsäläisiä. Olutta, viinaa ja boolia oli tarjolla runsaasti, ja juhlat olivatkin varsin ikimuistoiset, koska Toni joutui käymään seuraavana aamuna oksentamassa useamman kerran, ennen kuin hänen krapulansa alkoi helpottamaan.

Seuraavan viikon perjantaina Krisun teki mieli nauttia hienosta kesäpäivästä ulkona olutta juoden, joten porukka saatiin varsin nopeasti kasaan. Toni, Krisu, Oskari ja Mikko tapasivat tuttuun tapaan Inkeroisten keskustassa kaupan edustalla. Pojat kävivät taas hakemassa mäyräkoirat itselleen, ja Oskari hoiti asioimisen kassalla ainoana täysi-ikäisenä. Olvin mäyräkoira, jossa oli 12 lasipulloa olutta, maksoi noihin aikoihin vain 7 euroa, joten tämä oli porukan yleisin ostos illan juomiksi. Ilta kului mukavasti. Pojat istuskelivat jonkin aikaa aina jossain ja vaihtoivat paikkaa sopivin väliajoin. Toni oli pyytänyt myös Matiasta liittymään seuraan, ja hän tulikin Myllykoskelta viettämään aikaa porukan kanssa. Kesäkuun kaksi ensimmäistä viikonloppua sujuivat mukavissa merkeissä Tonin kannalta.

Seuraavalla viikolla olikin jo juhannus. Toni ei ollut koskaan aiemmin viettänyt juhannusta alkoholin merkeissä, joten hän halusi ehdottomasti päästä pitämään hauskaa kavereiden kanssa jonnekin ulos. Hän kyseli Oskarilta ja Mikolta, mitä he aikoisivat tehdä juhannuksena. Oskari oli menossa juhannukseksi kokonaan pois Anjalankoskelta, ja Mikko kertoi, ettei hän ollut kovin kiinnostunut lähtemään mihinkään. Seuraavaksi Toni kyseli Krisun juhannussuunnitelmia. Krisu oli kertomansa mukaan menossa Oppariin kavereidensa kanssa viettämään iltaa. Tämä kuulosti Tonista hyvältä ja hän halusi mukaan. Ongelma tietysti oli se, että Oskari oli poissa kaupungista, joten he tarvitsivat jonkun täysi-ikäisen hakemaan heille olutta kaupasta. Krisu kertoi, että hänen kaverinsa, joka oli tulossa myös Oppariin, oli jo täysi-ikäinen ja hän voisi hakea juomista heille. Krisu kertoi, että hän soittaisi Tonille, kun hän saisi juomat heille, ja he voisivat siirtyä Oppariin yhdessä.

Kului useampi tunti, eikä Krisusta ollut kuulunut vielä yhtään mitään. Oli jo ilta, joten Toni päätti soittaa Krisulle ja kysyä, kuinka kauan niiden oluiden hankkimisessa vielä oikein kestäisi.

"No terve Krisu, missä päin olet?" sanoi Toni kännykkäänsä.

"Mä oon Opparissa. Kuinka niin?" vastasi Krisu.

"Opparissa? Meidänhän piti mennä sinne yhdessä. Saitko sä hankkittua mullekin sitä kaljaa?"

"Ainiin joo, mä unohdin koko jutun. Hankin kaljaa ainoastaan itselleni."

"Selvä. Ei mulla muuta asiaa", sanoi Toni ja lopetti puhelun.

Juurihan he olivat sopineet, että he menisivät sinne puistoon yhdessä. Krisu ei voinut todellakaan unohtaa sitä, vaan hän teki noin tahallaan, ajatteli Toni itsekseen. Hän olisi kovasti halunnut mennä juhlimaan juhannusta jonnekin, mutta näytti pahasti siltä, että hän joutuisi viettämään tylsän juhannuksen kotonaan. Toni meni tietokoneen ääreen ja huomasi, että Matias oli Mesessä paikalla. Toni kertoi Matiakselle, miten Krisu oli lähtenyt yksin Oppariin viettämään iltaa, vaikka heidän oli pitänyt mennä sinne yhdessä.

"Tule Mylsälle viettämään juhannusta. Mä oon menossa Koikkaan myöhemmin tänään", Matias kirjoitti Tonille Mesen välityksellä.

Silloin kun inksalaiset kokoontuivat Oppariin viettämään iltaa, niin mylsäläiset menivät

Koivusaareen eli "Koikkaan". Koikka oli vähän kuin Myllykosken Oppari.

"Joo, voisin mä tulla, mutta miten mä pääsen Mylsälle?" Toni kysyi, koska Myllykoski oli kuitenkin 10 kilometrin päässä.

"Mä tuun autolla hakemaan sut. Käydään hakemassa kaupasta sulle juomaa samalla", sanoi Matias.

Tonin juhannus oli pelastettu. Hänen ei tarvitsisikaan viettää sitä kotona. Matias saapuikin pian autollaan hakemaan Tonia. Kyydissä oli myös Matiaksen kaveri Tuukka. Toni ja Tuukka olivat olleet samaan aikaan rippikoulussa, joten he tunsivat toisensa sitä kautta. Matias kertoi, että hän oli saanut houkuteltua myös Mikon lähtemään Myllykoskelle viettämään iltaa, ja he ajoivat seuraavaksi hakemaan Mikkoa kyytiin. Tämän jälkeen porukka ajoi kaupan pihalle, ja he kävivät hakemassa perinteiset Olvin mäyräkoirat mukaan.

He ajelivat ensin Matiaksen kotipihalle Myllykoskelle ja jättivät auton sinne. He aloittelivat juomista Matiaksen luona ennen kuin lähtivät siirtymään kohti Koikkaa. Matiaksen luota oli Koikkaan aika pitkä kävelymatka, joten lähtivät kävelemään kaikessa rauhassa, samalla olutta juoden. He saapuivat Koivusaareen, joka oli aivan täynnä muita nuoria. Kyllä kannatti tulla tänne, Toni ajatteli. He viettivät siellä aikaa keskenään jonkin aikaa, kunnes eräs tyttö tuli Tonin luokse.

"Hei, olisiko sulla tulta?" tyttö kysyi Tonilta, pidellen tupakkaa sormiensa välissä.

"Joo, onhan mulla", sanoi Toni ja kaivoi sytkärin taskustaan.

Toni ei itse polttanut tupakkaa, mutta kantoi sytkäriä mukanaan juuri tuollaisia tilanteita varten. Tyttö esitteli itsensä Siljaksi ja he alkoivat juttelemaan niitä näitä. Silja oli tullut Koikkaan neljän kaverinsa kanssa, jotka olivat myös tyttöjä, ja he liittyivät myös poikien seuraan. Koivusaaresta löytyi jonkinlainen esiintymislava ja katsomo, missä oli paljon penkkejä. Penkit olivat aika täynnä, koska puistossa oli niin paljon muitakin nuoria, mutta he onnistuivat löytämään tilaa koko porukalle ja siirtyivät yhdessä katsomon penkeille jatkamaan iltaa. Toni oli päätynyt istumaan porukan varsin hyvännäköisen tytön seuraan, joka oli nimeltään Anita. He tulivat varsin hyvin juttuun keskenään, mutta myös Matias oli huomannut Anitan, ja näki tilaisuutensa koittaneen. Matias sai houkuteltua Anitan pois Tonin seurasta, ja he lähtivät kahdestaan pois puistosta käymään jossain. Tonia harmitti hieman, että Matias tuli tuolla tavalla keskeyttämään heidän juttutuokionsa, ja kaiken lisäksi Anita vielä lähti hänen matkaansa.

Ilta kuitenkin eteni mukavasti Mikon, Tuukan ja muiden tyttöjen kanssa. Mikko oli tyypilliseen tapaansa hyvinkin päissään, eikä juuri pystynyt peittelemään sitä. Porukassa oli eräs toinen tyttö, nimeltänsä Eini, jonka kanssa Toni alkoi lähentyä illan aikana. He päätyivätkin syleilemään ja suutelemaan toisiansa. Tuukka oli jo viettänyt omasta mielestään tarpeeksi aikaa puistossa ja hän lähti kävelemään takaisin Matiaksen asunnolle päin. Matias oli nimittäin luvannut heille kaikille yöpaikan luotaan. Tytöt kertoivat Tonille, että hän ja Mikko voisivat tulla heidän luokseen yöksi. Tonia kiinnostikin kovasti lähteä Einin kanssa yhteiseen yöpaikkaan. Illan vielä jatkuessa Mikko alkoi olla jo aikamoisessa kaatokunnossa ja hän oli sekoilemassa jotain viereisessä metsikössä. Toni totesi Einille ja muille tytöille, että hän menee hakemaan Mikon pois sieltä pöpeliköstä. Mikko makoili ympäripäissään maassa, ja Tonilla kestikin vähän aikaa saada hänet ylös maasta. Tämän jälkeen Toni lähti taluttamaan Mikkoa takaisin tyttöjen luo. Kohta olisi jo aika siirtyä tyttöjen majapaikkaan, jotta Mikko saataisiin nukkumaan. Takaisin päästyään Toni kuitenkin huomasi, että tytöt eivät enää olleet siellä. He olivat lähteneet pois sillä aikaa, kun Toni kävi hakemassa Mikon viereisestä metsiköstä. Ilmeisesti Eini ja muut tytöt olivat muuttaneet mieltänsä yöpaikan tarjoamisen suhteen ja olivat päättäneet lähteä karkuun, kun Toni hetkeksi poistui heidän luotaan. Tämä oli vasta Tonin elämän toinen kerta, kun hän oli päässyt läheisiin tunnelmiin jonkun tytön kanssa, eikä tuokaan kerta ollut päättynyt kovin hyvin.

Onneksi Toni ja Mikko kuitenkin pystyivät menemään Matiakselle yöksi. Ongelmana tosin oli, ettei Mikko juurikaan pystynyt kävelemään humalatilansa vuoksi, ja Matiaksen asunnolle oli suhteellisen pitkä matka Koikasta. Pojat kuitenkin lähtivät suuntaamaan Matiakselle päin, koska ei heillä ollut muitakaan vaihtoehtoja. Matka kesti suhteellisen kauan, koska Mikko ei kyennyt kävelemään kovinkaan nopeaan tahtiin.

Lopulta he kuitenkin saapuivat Matiaksen kotitalon luo, jossa he kohtasivat Tuukan, joka oli lähtenyt sinne jo aiemmin.

"Mitä sä täällä pihalla teet?" Toni kysyi Tuukalta.

"Matias ei ole vielä tullut takaisin tänne, joten ei pääse sisään, kun ovet ovat kiinni", sanoi Tuukka.

Matias oli aiemmin illalla lähtenyt Anitan kanssa jonnekin, ja ilmeisesti he olivat edelleen siellä mihin olivat puistosta lähteneet. Pihalla oli kuitenkin ulkoaitta, minkä ovet olivat auki. Sieltä löytyi jopa sänky, joten Toni ja Tuukka kantoivat Mikon aittaan nukkumaan.

"Mitäs nyt tehdään, kun ei päästä sisään ennen kuin Matias tulee tänne?" Toni sanoi Tuukalle.

"Mulla on laukussa pullo minttuviinaa.
Juodaan vaikka sitä aikamme kuluksi", sanoi
Tuukka.

Pihalta löytyi myös puulämmitteinen
saunarakennus. Toni ja Tuukka menivät
saunan lauteille istumaan ja avasivat
minttuviinapullon. Sauna ei ollut lämmin,
joten lauteilla oli ihan mukava istua noin
yöaikaan kesäsäällä. Pojat kierrättivät pulloa
keskenään ja miettivät mahtaako Matias tulla
ollenkaan kotiin tuona yönä, kun hänellä oli
Anita seuranaan. Jonkin ajan kuluttua he
kuulivat, kuinka joku käveli viereisellä
pihatiellä ja lauloi itsekseen.

"Matias!" huudahti Tuukka.

Toni ja Tuukka tulivat ulos
saunarakennuksesta ja näkivät Matiaksen
kävelevän heitä kohti iloisesti laulaen.
Ilmeisesti ilta Anitan kanssa oli sujunut
hyvin. Pojat siirtyivät taloon sisälle, ja Toni
pääsi talon yläkertaan patjalle nukkumaan.

Jenna

Seuraavalla viikolla tuttu porukka kokoontui eräänä iltana Inkeroisten keskustassa sijaitsevaan leikkipuistoon istuskelemaan ja juomaan olutta. Mukana olivat Toni, Mikko, Oskari ja Krisu. Vaikka Krisu olikin käyttäytynyt juhannuksena ääliömäisesti Tonia kohtaan, niin Toni ei jaksanut olla vihainen Krisulle. Tonilla oli ollut todella hauska juhannus Myllykoskella, ja mikäli hän olisi viettänyt iltaa Krisun kanssa Opparissa, niin kuin oli alun perin tarkoitus, niin ei hän olisi koskaan tavannut Einiä ja muita porukan tyttöjä. Krisu oli juuri täyttämässä 18 vuotta, ja tulevana viikonloppuna oli tarkoitus juhlia hänen syntymäpäiväänsä. Toni oli kuitenkin jo luvannut lähteä isänsä kanssa Mikkeliin pariksi päiväksi haulikkoammuntakilpailuihin, joten hän joutui jättämään Krisun 18-vuotisbileet väliin.

Kun Toni oli palannut Mikkelistä, otti Matias häneen yhteyttä. Matias oli järjestämässä viikonloppuna isot bileet kotitalossaan ja hän halusi kutsua Tonin mukaan bileisiin. Matiaksen vanhemmat ja muu perhe olivat lähdössä pois viikonlopuksi, ja hän oli jäämässä yksin isoon taloon. Isot bileet kuulostivat hyvältä, ja Toni lupautui tulemaan. Kun muun Inkeroisten porukan kanssa tuli puhetta viikonloppusuunnitelmista, Krisu innostui myös Matiaksen bileistä ja pyysi päästä mukaan. Krisu oli nyt 18-vuotias ja hän oli saanut sukulaisilta lahjaksi parikymmentä tuhatta euroa, ja hän oli ostanut auton itselleen. Krisu oli jo saanut autokoulun suoritettua ja oli saanut väliaikaisen ajokortin, joten hän ehdotti, että Toni voisi tulla hänen kyydissään Matiaksen luo. Näin sovittiinkin. Toni ja Krisu menisivät lauantaina yhdessä Myllykoskelle.

Lauantai-ilta koitti, ja Toni saapui Krisun kanssa Matiaksen luo. Talo oli aivan täynnä Matiaksen mylsäläisiä kavereita, joita Toni ja Krisu eivät tunteneet. He olivat bileiden ainoat inksalaiset. Toni meni tervehtimään Matiasta, joka oli Anitan seurassa, jonka he olivat tavanneet juhannuksena Koikassa. Kävi ilmi, että he seurustelivat jo keskenään tuolla hetkellä. Bileissä oli varsin railakas meininki. Musiikki soi, joku pomppi alasti pihan trampoliinilla ja kaikilla tuntui olevan vähän liiankin hauskaa.

Toni oli talon olohuoneessa viettämässä aikaa, kun Anita tuli hänen luokseen toisen tytön kanssa, ketä Toni ei ollut aikaisemmin nähnyt.

"Toni, tässä on Jenna", sanoi Anita ja toi Jennan istumaan Tonin viereen.

Toni ymmärsi nopeasti, että Anita toivoi heidän päätyvän yhteen. Jenna vaikutti varsin ujolta ja hiljaiselta tytöltä, mutta Toni kyllä kiinnostui hänestä. He juttelivat porukalla kaikenlaista, ja Anita selkeästi yritti saada Jennaa kiinnostumaan Tonista. Hetken kuluttua paikalle saapui myös Krisu, joka oli ollut kiertelemässä ympäri taloa ja pihaa ja viettänyt aikaa tutustuen muihin ihmisiin. Krisu kiinnostui myös tästä ujosta ja hiljaisesta tytöstä. Tonin ja Krisun välille muodostui kisa, kumpi onnistuisi saamaan tämän tytön itselleen. Jenna ei kuitenkaan osoittanut ainakaan näkyvästi kiinnostusta heitä kumpaakaan kohtaan. Jossain vaiheessa iltaa Krisu oli taas häipynyt jonnekin, ja Toni oli viettämässä aikaa Matiaksen, Anitan ja Jennan kanssa. Matias ja Anita onnistuivat yllyttämään Jennan suutelemaan Tonia, mutta tämä oli ollut vain yksi nopea suudelma.

Mitä pidemmälle ilta jatkui, sitä villimmäksi bileiden meno muuttui. Matias alkoi jo selkeästi ärsyyntymään vieraidensa käytöksestä. Loppuillan Matias istui hiljaa nojatuolissa puinen pamppu kädessään. Kukaan ei uskaltanut mennä sanomaan hänelle mitään. Tonin ja Krisun harmiksi Jenna päätti lähteä kotiinsa, joten pojat jäivät jatkamaan iltaa keskenään. He jatkoivat oluen juomista ja menivät vasta aamuyöllä nukkumaan talon yläkertaan, samaan paikkaan, missä Toni oli ollut juhannuksenakin yötä. Aamulla kun Toni ja Krisu kävelivät kohti Krisun autoa lähteäkseen takaisin Inkeroisiin, Krisu totesi:

"Eipä meistä kumpikaan onnistunut saamaan Jennaa itselleen."

Vaikka näin oli käynytkin, niin Toni piti silti itseään jonkinlaisena voittajana kisassa, koska hän oli kuitenkin saanut sen yhden suudelman Jennalta, vaikkei se mikään kovin kummoinen suudelma ollutkaan.

Eräänä iltana seuraavalla viikolla Toni istui tietokoneensa ääressä ja hän sai Jennalta viestin Mesessä. Jenna oli menossa käymään Korian ABC:llä kahvilla Anitan kanssa ja kyseli, haluaisiko Toni tulla mukaan. Toni ei ollut aivan varma, oliko tuo ehdotus ollut alun perin Anitan vai Jennan idea, mutta hän päätti lähteä katsomaan, mitä ilta toisi tullessaan, jos hän lähtisi heidän seuraansa. Molemmilla tytöillä oli omat skootterit, ja sovittiin, että he tulevat hakemaan Tonin Inkeroisten torilta, ja suuntaavat sen jälkeen Korialle. Korian ABC oli varsin yleinen paikka nuorisolle viettää aikaa. Se oli auki ympäri vuorokauden, joten sinne saattoi mennä yölläkin kahville.

Toni odotteli tyttöjä Inkeroisten torilla ja näki kahden skootteritytön kaartavan torille. Jenna oli ottanut myös Tonille kypärän mukaan, ja Toni hyppäsi Jennan skootterin kyytiin. Koria oli varsin kaukana Inkeroisista, joten alkoi varsin pitkä matka skoottereilla ABC:lle.

Koria nimittäin kuului Elimäen kuntaan, joka oli Anjalankosken naapurikunta. Perille päästyään he kaikki ottivat kahvit ja menivät pöytään istumaan. Jenna oli edelleen aika hiljainen, vaikka Toni yrittikin jotain puheenaiheita keksiä. Tonin mielessä kävi, että tämä yöllinen reissu ABC:lle oli ehkä kuitenkin ollut Anitan idea, vaikka Jenna sitä oli Tonille ehdottanutkin. Jonkin aikaa huoltoasemalla istuttuaan, he päättivät lähteä takaisin päin. Oli jo aamuyö, koska he olivat lähteneet Korialle vasta myöhään illalla. Anita lähti ajamaan suoraan kotiinsa Ummeljoelle, ja Jenna lähti viemään Tonia takaisin Inkeroisiin. Inkeroisten torille saavuttuaan, Toni otti kypärän päästään ja antoi sen Jennalle takaisin. Jenna pakkasi kypärän skootterinsa tavaratilaan, ja he hyvästelivät toisensa nopeasti. Kävellessään torilta kotiin päin Toni ajatteli, että hänen ja Jennan välille tuskin kehittyisi suhdetta, koska Jenna ei oikein ollut illan aikana

49

osoittanut minkäänlaisia kiinnostumisen merkkejä häntä kohtaan.

Festareille Joensuuhun

Oskari oli ollut edellisenä vuotena Joensuussa järjestettävissä rockfestareilla ja hän halusi lähteä sinne myös kuluvana vuonna. Toni ei koskaan aiemmin ollut käynyt rockfestareilla, joten hän päätti lähteä mukaan. Poikien kanssa samalla luokalla lukiossa ollut Markus oli juuri palannut Kanadasta takaisin Suomeen, missä hän oli viettänyt useamman kuukauden sukulaistensa luona. Markus ilmoitti myös halukkuutensa lähteä mukaan. Markus kertoi festareista myös kaverilleen Villelle, joka halusi myös lähteä Joensuuhun. Ville oli ollut Tonin kanssa samalla luokalla yläasteella, mutta yläasteen jälkeen Ville oli lähtenyt ammattikouluun, joten Toni ei ollut nähnyt enää häntä tämän jälkeen. Ville oli muita poikia vuoden vanhempi, koska hän oli mennyt kouluun vuoden muita oppilaita myöhemmin. Hän oli uskonnollisesta perheestä, eikä ollut koskaan juonut alkoholia, joten hän halusi päästä kokeilemaan minkälaista sen juominen on. Mikäpä olisikaan parempi paikka tälle kokeilulle kuin rockfestarit. Joensuuhun siis päättivät lähteä Oskarin lisäksi Toni, Markus ja Ville. Oskarin isä antoi pojille asuntoauton käyttöön tuota reissua varten, joten he pystyivät majoittumaan autossa festarialueella. Ville oli porukan vanhin ja innokas autoilija, joten hän halusi toimia kuskina Joensuuhun.

Tarkoituksena oli viettää kolme yötä festarialueella, joten kaikkien piti varata alkoholia mukaan niin paljon, ettei se pääsisi loppumaan kesken. Toni otti mukaan kolme koppaa olutta ja kaksi pulloa kirkasta viinaa. Viikonlopusta olisi selkeästi tulossa hauska. Oli torstai, ja tämä neljän hengen porukka lähti ajamaan Inkeroisista kohti Joensuuta. Toni, Markus ja Oskari ottivat olutta jo automatkan aikana. Ville luonnollisesti kuskina päätti odottaa, että he pääsisivät perille Joensuuhun, ennen kuin aloittaisi juomisen. Perille päästyään he ajoivat asuntoauton festarien majoitusalueelle, missä olikin jo sadoittain telttoja pystyssä ja kymmeniä muita asuntoautoja parkissa. Villeä lukuun ottamatta pojat olivatkin jo ehtineet kivaan nousuhumalaan.

Meininki oli varsin uskomaton. Teltta-alueella oli tuhansia muita ihmisiä pitämässä hauskaa. Alkoholi maistui pojille, ja meno alkoi muuttua aika villiksi. Oskari näki jonkun henkilön kantavan kokonaista vesimelonia, ja pyysi henkilöä lyömään häntä päähän tuolla vesimelonilla. Tämän jälkeen Oskarin hiukset olivat aivan tahmeita vesimelonista. Ei mikään kovin järkevä päätös Oskarilta, mutta se varmasti tuntui hauskalta idealta kovassa nousuhumalassa.

Illan aikana Tonikin oli sen verran päissään, että hän oli varsin sosiaalinen. Hän päätyi erään tytön seuraan, jonka nimi oli Saara. Saara oli tullut festareille Kuopiosta ja oli jonkinlainen hippi. Keskustelujen perusteella Saara oli vegaani ja poliittisilta mielipiteiltään erittäin vasemmistolainen. Tonin ja Saaran välit lämpenivät nopeasti. Tonilla ei ollut aikomustakaan ryhtyä minkäänlaiseen oikeaan suhteeseen tuon kuopiolaisen hippitytön kanssa, mutta oli tullut festareille pitämään hauskaa, joten piti tätäkin romanssia mielenkiintoisena kokemuksena. Myöskin Saara tuntui ajattelevan samoin, joten heillä oli vahva yhteisymmärrys, etteivät he enää näkisi toisiaan noiden festarien jälkeen.

Seuraavana aamuna Toni heräsi teltasta, minkä heidän porukkansa oli pystyttänyt asuntoauton viereen. Toni heräsi siihen, kun Saara nousi ylös hänen vierestään ja ilmoitti lähtevänsä pois. Kuinkahan pitkään oli tullut nukuttua, Toni mietti ja katsoi kännykästään kelloa ja totesi ettei kovin montaa tuntia. Toni tunsi edelleen olevansa hyvin vahvassa humalassa. Parhaimmalta idealta tuossa vaiheessa tuntui jatkaa heti juomista, joten hän meni asuntoautolle hakemaan lisää olutta. Pikkuhiljaa muutkin alkoivat heräilemään ja hekin jatkoivat juomista heti aamusta, kaikki muut paitsi Markus. Hänellä oli edellisenä iltana mennyt aika lujaa, ja hän oli juossut päissään ympäri teltta-aluetta ja muutenkin aiheuttanut yleistä pahennusta, ainakin omasta mielestään. Markus oli päättänyt, ettei enää joisi enempää noiden festarien aikana. Etenkin Toni ja Ville innostuivat juomaan kirkasta viinaa tuon päivän aikana runsaasti, sitä kun oli helpompi salakuljettaa konserttialueelle kuin olutta. Tonin, Villen ja Oskarin päivä meni mukavasti viinaa juodessa ja bändejä kuunnellessa. Markus sen sijaan lähinnä istuskeli asuntoauton edustalla, eikä hänestä oikein ollut seuraa.

Illan tullessa teltta-alueella oli jälleen aika villi meininki. Toni lähti Villen kanssa kiertelemään aluetta. Heitä hieman häiritsi Markuksen päätös olla juomatta enempää noiden festarien aikana. Se pilasi hieman heidänkin juhlatunnelmaansa.

"Kuule Toni, mä olen aivan sataprosenttisen varma, että Markus on homo", sanoi Ville.

"Miksi näin luulet?"

"No eihän sitä selkeästi tytöt kiinnosta. Aivan sataprosenttisen varmasti se on homo."

Villen päihtymys oli jo edennyt sille tasolle, että hän alkoi epäilemään kaverinsa seksuaalisuutta. Lähinnä Villeä kuitenkin taisi häiritä, että Markus vain istuskeli asuntoauton edustalla selvin päin, vaikka Joensuuhun oli tultu pitämään hauskaa.

"Mennään kertomaan noille tyypeille, että meidän asuntoautoon on murtautunut joku homo, ja me ei saada sitä lähtemään sieltä", sanoi Ville ja osoitti porukkaa, joka koostui heidän ikäisistään nuorista miehistä.

"Joo, hyvä idea. Mennään vaan", vastasi Toni.

Tuossa ideassahan ei ollut minkäänlaista järkeä, mutta Toni oli nukkunut vain muutaman tunnin edellisenä yönä, ja hän oli juonut tolkuttoman määrän olutta ja kirkasta viinaa jo reilusti yli vuorokauden putkeen, joten Tonin ajattelukyky ja logiikka eivät olleet enää terävimmillään tuossa vaiheessa.

"Meidän asuntoautoon on murtautunut joku homo, ja me ei saada sitä poistumaan sieltä. Tuletteko auttamaan meitä, että saadaan heitettyä se ulos sieltä?" sanoi Ville tälle porukalle.

"Mitä ihmettä? Totta kai me tullaan", porukasta vastattiin. He olivat myös vahvassa humalassa, joten tuossa tilanteessa kenenkään järki ja logiikka eivät oikein pelanneet kunnolla.

Toni, Ville ja useamman henkilön porukka, minkä he olivat juuri tavanneet, lähtivät kohti asuntoautoa. Siellä he kohtasivat Markuksen, joka edelleen istuskeli penkillä asuntoauton edessä. Tuo tuntematon porukka alkoi käskeä Markusta poistumaan paikalta, ja Markus ihmetteli, mistä oikein oli kyse. Hetken aikaa Markukselle huudeltuaan porukka poistui sinne mistä oli tullutkin. Villeä ja Tonia tilanne oli vain huvittanut, ja hekin lähtivät jatkamaan festarialueen kiertämistä, ja jättivät Markuksen ihmettelemään äskeistä tilannetta. Kun Ville ja Toni olivat poistuneet asuntoauton luota, aiempi porukka tuli takaisin Markuksen luo ja alkoi taas vaatia tätä poistumaan. Koska Toni ja Ville eivät enää olleet paikalla, niin he eivät pystyneet kertomaan, että kyseessä oli ollut pelkkä vitsi, eikä Markus oikeasti ollut joku ulkopuolinen, joka oli murtautunut heidän asuntoautoonsa. Tilanne alkoi käydä uhkaavaksi, ja asuntoauton sisällä ollut Oskari kävi sujauttamassa Markukselle veitsen käteen. Markus mietti miten selviäisi ehjin nahoin tuosta tilanteesta. Eihän hän voisi oikeasti lyödä ketään tuolla veitsellä. Hän kuitenkin keksi, mitä sanoa päästäkseen tilanteesta:

"Hei, kiinnostaisiko teitä juoda viinaa? Mä voisin tarjota."

"Viinaako? No, totta kai me otetaan."

Markus haki viinapullon ja kaatoi jokaiselle muovimukiin annoksen. He joivat viinaa Markuksen seurassa ja hetken kuluttua joku heistä alkoi ihmettelemään:

"Miksi me muuten tultiin hakkaamaan tämä tyyppi? Muistaako joku?"

"Ei, ei kyllä muistu mieleen..."

"Oli meillä varmaan joku syy, mutta täähän on hyvä tyyppi. Ei meidän sitä kannata hakata."

Porukka lähti pois viinat juotuaan, koska eivät enää muistaneet, miksi olivat asuntoauton luo tulleet. Markus oli keksinyt ovelan keinon, millä saada tilanne raukeamaan. Toni ja Ville eivät tästä välikohtauksesta tienneet ja saivat kuulla siitä vasta myöhemmin. Toni kohtasi illan aikana sattumalta edellisen iltansa tuttavuuden Saaran. He viettivät taas aikaa kahdestaan, mutta tällä kertaa heillä kummallakaan ei ollut romanttisia ajatuksia. He olivat enemmänkin pelkkiä kavereita keskenään tuon illan aikana.

Ilta sujui jälleen villeissä ja kosteissa merkeissä, olutta ja kirkasta viinaa juoden Tonin, Oskarin ja Villen osalta. Markus oli edelleen vahvasti päättänyt olla juomatta. Seuraava päivä ja iltakin menivät vielä samoissa merkeissä, kunnes viimein koitti sunnuntaiaamu. Festarit olivat ohi, ja oli aika suunnata takaisin Inkeroisiin päin. Toni heräsi asuntoautosta ja totesi olevansa edelleen erittäin vahvassa humalassa. Ei mikään ihme, sillä olihan hän ryypännyt miltei kolme päivää putkeen ilman taukoa. Nyt saa riittää, Toni ajatteli ja päätti, ettei joisi yhtään enempää.

Porukka lähti ajelemaan Joensuusta takaisin kohti Inkeroisia. Oskari oli vielä koko automatkan ajan juhlatunnelmissa ja hänelle alkoholi maistui edelleen. Inkeroisiin päästyään Oskari ja Ville päättivät vielä jatkaa iltaansa alkoholin merkeissä, ja he jäivät jatkamaan juomista asuntoautolle, joka oli nyt parkissa Oskarin kotipihalla. Tonille viikonloppu oli ollut varsin rankka kokemus johtuen suuresta määrästä alkoholia, minkä hän oli juonut kolmen päivän aikana. Hän lähti suoraan kotiin Oskarin luota. Kotona hänellä oli alkometri, ja Toni päätti huvikseen kokeilla vielä illalla puhaltaa siihen, ja saikin reilun lukeman, vaikka ei ollut enää juonut tippaakaan edellisen illan jälkeen.

Kotkan meripäivät ja Eliaksen kohtaaminen

Joensuun reissun jälkeen oli aika alkaa
suunnittelemaan Kotkan meripäiville lähtöä,
jotka olivat seuraavana viikonloppuna.
Meripäivät olivat yksi Suomen suurimmista
festivaaleista, jotka järjestettiin vuosittain
Anjalankosken naapurikaupungissa Kotkassa.
Toni oli monta kertaa aiemmin käynyt
lapsena meripäivillä vanhempiensa kanssa,
mutta tuona kesänä häntä kiinnosti mennä
katsomaan, kuinka hauskat juhlat ne olisivat
hänen ikäiselleen nuorelle. Perinteisesti
nuoriso ympäri Kymenlaaksoa suuntasi aina
meripäivien aikaan Kotkaan viettämään aikaa
keskenään. Krisu oli erityisen innokas
lähtemään Kotkaan viikonloppuna, ja Toni

lupautuikin lähtemään hänen kanssaan. Oli
odotettavissa, että lähes kaikki heidän
tuttunsa olisivat myös menossa meripäiville.
Markus oli myös ilmoittanut tulevansa
Kotkaan samoihin aikoihin kuin Toni.

Perjantai koitti, ja Toni kävi Krisun kanssa
hakemassa kaupasta perinteiseen tyyliin
mäyräkoirat sekä Alkosta
salmiakkijuomapullot. Krisu oli täysi-
ikäinen, joten hän hoiti maksamisen kassalla.
Toni soitti Markukselle, missä hän oikein oli,
kun hänestä ei ollut vielä kuulunut mitään:

"Hei, me ollaan menossa kohta junalla
Kotkaan. Oletko sä tulossa?"

"Olen kyllä tulossa, mutta mulla menee
jonkun aikaa, että olen valmis. Tulen vasta
illemmalla", sanoi Markus.

Eipä tuo haittaa. Näemme Markuksen sitten
illalla, ajatteli Toni. He lähtivät Krisun
kanssa kahdestaan kohti Inkeroisten juna-
asemaa, josta he nousisivat Kotkaan menevän

junan kyytiin. Asemalle päästyään Toni huomasi, etteivät he suinkaan olleet ainoita, jotka olivat menossa Kotkan meripäiville. Kymmenittäin muuta nuorisoa odotti myös samaa junaa. Monet heistä olivat tuttuja koulusta. Juna pysähtyi asemalle, ja asemalla odottaneet nuoret nousivat junan kyytiin. Juna oli jo aivan täynnä, koska se oli lähtenyt Kouvolasta ja pysähtynyt myös Myllykoskella ottamaan lisää matkustajia kyytiin. Junassa oli riehakas tunnelma, ja lähes jokaisella matkustajalla oli olut- tai siideritölkki käsissään. Toni ja Krisu näkivät junassa sattumalta tutun henkilön.

"Anita! Oletko meripäiville menossa?" sanoi Toni.

"Joo, minnekäs muuallekaan", vastasi Anita.

"Eikö Matias lähtenyt sun kanssa?"

"Ei, mä oon yksin liikenteessä."

Anita oli noussut yksin junan kyytiin
Myllykoskella ja uskonut törmäävänsä
Kotkassa joihinkin tuttuihin, joiden seuraan
liittyä. Hän liittyikin aluksi Tonin ja Krisun
seuraan. Juna saapui Kotkaan, ja he päättivät
lähteä kävelemään kohti Sibeliuksenpuistoa.
Kotkassa oli kaksi puistoa, mihin nuorisolla
oli tapana kokoontua meripäivien aikaan:
Sibeliuksenpuisto ja Isopuisto. Kävelymatkan
aikana Toni ei malttanut olla kysymättä
Anitalta:

"Mitenkäs tuo Jenna, pitääkö se musta? En
oikein ottanut selvää, kun viimeksi tavattiin."

"Ei se oikein tiedä", Anita vastasi.

Kaupungin kaduilla oli paljon ihmisiä, ja
monet olivat varsin riehakkaissa tunnelmissa.
Krisu oli hyvin sosiaalinen ihminen ja hän
tykkäsi jutella tuntemattomien kanssa. Krisu
pysähtyikin juttelemaan kahden varsin
päihtyneen virolaismiehen kanssa, jotka
kantoivat kummatkin pitsalaatikkoa

käsissään. Kun he olivat hetken aikaa jutelleet jotain sekavia ja humalaisia juttuja, toinen virolaismiehistä löi pitsalaatikollaan Krisua päähän, ja he lähtivät hoipertelemaan muualle. Tästä olisi selkeästi tulossa hyvä ilta, jos meno ja ihmisten humalataso olivat jo nyt tuollaista, Toni ajatteli. He jatkoivat kävelemistä kohti puistoa, ja heidän seuraansa liittyi seuraavaksi varsin päihtynyt englantia puhuva mies. Toni ja Krisu juttelivat miehen kanssa englanniksi jonkin aikaa, kunnes miehen puhelin soi. Mies vastasi puhelimeensa ja alkoi puhua siihen selkeällä suomen kielellä. Kun mies lopetti puhelun, Toni kysyi häneltä suomeksi:

"Sähän olet ihan suomalainen. Miksi sä puhuit meille äsken englantia?"

Mies mietti hetken aikaa vastaustaan ja totesi:

"No en minä tiedä."

Mies otti kulauksen viinapullostaan ja lähti pois heidän seurastaan. He saapuivat pian

Sibeliuksenpuistoon, joka oli jo täynnä nuorisoa. Puistosta löytyi vanhoja tuttuja, jotka olivat olleet Tonin kanssa samalla luokalla ala-asteella. Ilta kului mukavasti puiston nurmikolla istuessa ja juomia nauttiessa. He kävivät välillä myös Isossapuistossa katsomassa meininkiä ja palasivat myöhemmin takaisin Sibeliuksenpuistoon. Anita oli illan aikana löytänyt muuta seuraa, ja hän oli poistunut Tonin ja Krisun seurasta. Tuossa vaiheessa iltaa Krisu oli jo aivan ympäripäissään. Hän nousi ylös nurmikolta ja lähti kävelemään kohti puiston keskellä olevaa suihkulähdettä. Suihkulähteen luona käveli kaksi poliisia tarkkailemassa nuorison juhlimista, kunnes Krisu kovan päihtymyksensä vuoksi kaatui suoraan heidän jalkojensa juureen. Tuossa vaiheessa poliisit alkoivat kiinnostua Krisusta ja alkoivat etsiä maassa makaavan Krisun taskuista henkilöllisyystodistusta. Toni näki tilanteen ja ymmärsi, että Krisu joutuisi lähes varmasti juoppoputkaan, mikäli hän ei kävisi pelastamassa Krisua tuosta tilanteesta. Toni meni neuvottelemaan näiden kahden poliisin kanssa ja kertoi pitävänsä Krisusta huolta tuona iltana. Toni ei tosin oikein uskonut, että Krisu pystyisi enää välttämään putkaan joutumista, koska hän oli jostain käsittämättömästä syystä yrittänyt huitaista nyrkillä toista poliisimiestä kasvoihin, samalla kun Toni yritti neuvotella heidän kanssaan. Poliisit kuitenkin päättivät jättää Krisun Tonin vastuulle ja lähtivät jatkamaan matkaansa pois puistosta. Ilmeisesti Kotkan poliisiaseman putkatilat olivat aivan täynnä meripäivien aikaan, joten sinne ei vietäisi ketään, ellei olisi aivan pakko. Toni vei Krisun takaisin nurmikolle istumaan ja sai tämän jälkeen puhelun Markukselta:

"Mä olen kohta Kotkassa. Nähdäänkö siinä asemalla?

"Joo, me tullaan siihen. Nähdään kohta", sanoi Toni.

69

Toni oli aikeissa kertoa Krisulle, että Markus olisi kohta perillä Kotkassa, ja heidän pitäisi mennä juna-asemalle häntä vastaan. Krisu ei kuitenkaan enää istunut siinä, mihin Toni hänet hetki sitten oli tuonut. Mihinkäs helvettiin Krisu ehti häipyä? En kääntänyt katsettani pois kuin hetkeksi vain, Toni kirosi mielessään. Toni etsi Krisua puistosta jonkin aikaa ja yritti soittaa tälle, mutta Krisu ei vastannut puhelimeensa. Toni ajatteli, että Krisu varmasti löytyisi illan aikana jossain vaiheessa, ja lähti kävelemään kohti juna-asemaa.

Toni ja Markus kohtasivat juna-asemalla ja päättivät lähteä erääseen puistoon, jota kutsuttiin "tykkipuistoksi", siellä sijaitsevien sodan aikaisten ilmatorjuntatykkien vuoksi. He istuivat puistosta löytyneelle penkille ja Markus sanoi:

"Nyt mä voin kertoa, miksi mulla kesti niin kauan, ennen kuin pääsin lähtemään tänne. Mä leivoin muffinsseja."

"Leivoit muffinsseja?" Toni ihmetteli.

"Joo, avaruusmuffinsseja. Otin meille
muffinssit mukaan, jotta voidaan syödä ne
täällä."

Toni ymmärsi, etteivät muffinssit olleetkaan
tavallisia leivonnaisia. Ne olivat
kannabisleivonnaisia. Toni ja Markus söivät
molemmat yhdet muffinssit ja istuskelivat
puistossa melkein tunnin, mutta eivät
tunteneet kannabiksen vaikuttavan heihin.

"Mä en osannut arvioida yhtään, paljonko
sitä olisi pitänyt laittaa näihin muffinsseihin.
Voi olla, että laitoin aivan liian vähän",
Markus sanoi.

Pojat lähtivät kiertelemään Kotkan keskusta-
aluetta ja törmäsivät Isossapuistossa tuttuihin,
keiden kanssa Toni ja Krisu olivat aiemmin
illalla viettäneet aikaa.

"Oletteko nähnyt Krisua vähään aikaan? Kadotin sen Sibeliuksenpuistossa, enkä ole nähnyt sitä sen jälkeen", Toni sanoi heille.

"Joo, me nähtiin, kun poliisit otti sen kyytiin."

Krisu joutui sitten lopulta kuitenkin putkaan, ajatteli Toni. He jäivät puistoon viettämään aikaa ja joivat samalla olutta, mitä heidän repuissansa oli vielä jäljellä. Ilta sujui mukavasti, kunnes lähes kaksi tuntia muffinssien syömisen jälkeen, kannabiksen vaikutus iski heihin kuin salama kirkkaalta taivaalta. Markus oli tosiaan arvioinut kannabiksen määrän väärin, mitä hänen olisi pitänyt leivonnaisiin laittaa. Mutta sen sijaan, että hän olisi laittanut sitä liian vähän, hän olikin laittanut sitä aivan liikaa. He lähtivät kävelemään syrjemmälle keskustasta ja odottelivat kannabiksen vaikutuksen loppumista. Juna takaisin Inkeroisiin lähtisi vasta muutaman tunnin päästä, joten heidän täytyisi pysyä hereillä siihen asti. Tarpeeksi kauan odotettuaan, muffinssien vaikutus alkoi helpottaa, ja he pystyivät taas toimimaan ja ajattelemaan normaalisti.

Normaalisti Kotkasta ei lähtenyt junia Kouvolan suuntaan yöaikaan, mutta meripäivien aikaan tähän oli tehty poikkeus. Toni ja Markus saapuivat juna-asemalle aamuyöllä odottelemaan yöjunan lähtöä. Juna-asemalla oli paljon muitakin nuoria, jotka olivat menossa takaisin Inkeroisiin tai Myllykoskelle. Ihmiset eivät suinkaan vielä lopettaneet juhlimista junaan päästyään, vaan juomista jatkettiin ja hyvää meininkiä pidettiin edelleen yllä. Toni ja Markuskin korkkasivat vielä oluet, koska junassa ei näyttänyt olevan yhtään henkilöä, joka olisi ollut vielä valmis lopettamaan hauskanpitoa. Kun juna lähti Kotkan asemalta, junan kuulutusjärjestelmistä tuli kuulutus:

"Tupakointi junassa on kiellettyä, mutta mikäli teillä on vielä jäljellä juomia, niin niitä saa hieman maistella."

Konduktöörit taisivat ymmärtää, että heidän olisi aivan mahdotonta estää alkoholin käyttöä junassa, joten olisi vain parempi antaa ihmisten juoda ja olla hyvällä tuulella, pahempien järjestyshäiriöiden välttämiseksi. Pojat jäivät Inkeroisten asemalla pois junan kyydistä ja lähtivät asemalta eri suuntiin.

Toni käveli Inkeroisten keskustan läpi Anjalaan päin, kunnes tapasi keskustan torilla nuoren miehen, joka oli myös juuri saapunut Kotkasta Inkeroisiin. Vielä keväällä Toni ei olisi ikinä jäänyt juttelemaan tuntemattomien ihmisten kanssa mihinkään keskellä yötä, mutta kesän aikana hänestä oli tullut paljon sosiaalisempi. Uusien ihmisten tapaaminen ei enää jännittänyt, ja hän oli saanut valtavasti lisää itsevarmuutta. Henkilö, jonka Toni oli juuri tavannut torilla, oli nimeltään Elias ja hän oli 16-vuotias, hieman Tonia nuorempi siis. Elias ehdotti Tonille, että he voisivat seuraavana päivänä juoda keskenään muutamat oluet hänen luonaan. Toni piti tätä hyvänä ideana, ja he vaihtoivat puhelinnumeroita toistensa kanssa. Elias oli vaikuttanut oikein mukavalta henkilöltä, vaikka olikin ollut aika päissään heidän kohtaamisensa aikoihin.

Seuraavana päivänä Krisu oli päässyt pois putkasta ja palannut Inkeroisiin. Toni ehdotti, että he voisivat mennä käymään Eliaksen luona yhdessä. Elias asui aika syrjässä, kaukana Inkeroisten keskustasta, ja Tonia houkutteli ajatus autokyydistä paikan päälle. Hän tarvitsi kaiken lisäksi jonkun täysi-ikäisen ostamaan oluet hänelle ja Eliakselle. Eliashan oli vasta 16-vuotias, joten ei hänkään niitä voinut käydä hakemassa heille.

Illalla Krisu oli jo siinä kunnossa, että pystyi ajamaan autoa, ja häntä kiinnosti tavata tämä Elias, kenet Toni oli löytänyt edellisenä yönä istuskelemasta itsekseen Inkeroisten torilta. Alkoholi todellakin luo helposti sosiaalisia tilanteita ja auttaa löytämään uusia ystäviä yllättävistäkin paikoista. Tonia hieman harmitti, että hän oli löytänyt tuon elämän vasta 17-vuotiaana. Jos hän olisi aloittanut juomisen jo vaikkapa 15-vuotiaana, niin hän olisi jo ehtinyt viettää pari oikein hauskaa vuotta tylsän elämänsä sijasta, mitä hän oli elänyt ennen tuota kesää.

Toni ja Krisu saapuivat Eliaksen luo, joka asui omakotitalossa hieman syrjemmällä Inkeroisten keskustasta. He istuutuivat keittiön pöydän ääreen ja avasivat oluet. Krisu ei tosin juonut, koska hän oli kuskina. Vaikka Elias oli vasta 16-vuotias, hän oli jo ehtinyt elää varsin vaiherikkaan elämän. Hän kertoi useista itsemurhayrityksistään, mitkä olivat tapahtuneet, kun hän oli tullut tyttöystävänsä jättämäksi. Elias oli kertomansa mukaan yrittänyt hirttäytyä puuhun, mutta oksa oli katkennut, kun hän roikkui köyden varassa. Hän oli myös syönyt miltei purkillisen keskushermostoon vaikuttavia lääkkeitä ja huuhtonut ne alas viinan kanssa, tarkoituksenaan päättää elämänsä. Sen sijaan, että olisi onnistunut kuolemaan, hänellä olikin ollut oikein hauska ilta lääkkeiden ja alkoholin vaikutuksen alaisena. Elias oli yrittänyt myös muita keinoja tehdä itsemurhaa, mutta oli epäonnistunut myös niissä. Onneksi olikin, paljon mukavampaahan on elää. Ilta sujui olutta juodessa ja Eliaksen elämäntarinoita kuunnellessa. Jossain vaiheessa iltaa he näkivät auton kaartavan parkkiin Eliaksen kotipihalle.

"Se on minun isäni", sanoi Elias.

"Meidän pitää varmaan laittaa nämä kaljat piiloon", sanoi Toni.

"Ei tarvitse. Mun isä on tosi rento tyyppi."

Eliaksen isä tuli sisälle taloon ja huomasi pojat keittiössä, mutta ei kiinnittänyt heihin sen ihmeemmin huomiota. Elias tarjosi omista oluistaan yhden isälleen, ennen kuin isä meni yläkertaan nukkumaan. Vähän ajan päästä pojat saivat idean, että he voisivat vähän lähteä kiertelemään autolla ympäri Kymenlaaksoa. Krisulla oli uusi auto ja tuore ajokortti, niin hän halusi ajaa mahdollisimman paljon. Tämä sopi Tonille ja Eliakselle oikein hyvin, koska he voisivat vain juoda kaljaa takapenkillä, Krisun toimiessa kuskina. He ajelivat muutaman tunnin ympäri maakuntaa, ja Tonilla olikin oikein hauskaa. Kun tätä oli jatkunut tarpeeksi kauan, Tonille alkoi jo riittää ja hän pyysi Krisua viemään hänet jo kotiin. Vietyään Tonin kotiin, Krisu ja Elias jäivät vielä jatkamaan ajelemista. Seuraavana aamuna Krisu soitti Tonille:

"Tule kyytiin. Me tullaan Eliaksen kanssa hakemaan sut."

"Jaa, lähdittekö te heti uudestaan ajelemaan ympäri maakuntaa?" Toni kysyi.

"Ei me olla vielä lopetettu sitä. Mä olen ajanut koko yön."

Toni suostui tulemaan vähäksi aikaa Krisun kyytiin ja meni jälleen istumaan takapenkille. Elias istui siellä edelleen kaljapullo kädessään. Hän oli istunut auton kyydissä koko yön olutta juoden, ja oli nauttinut siitä oikein kovasti. Parin tunnin päästä väsymys alkoi painaa jo Krisuakin, ja he päättivät viimeinkin, että olisi parasta jo ajaa auto parkkiin ja mennä kotiin nukkumaan.

Rappiolla on hyvä olla

Toni oli viettänyt paljon aikaa Krisun kanssa kesän alusta lähtien, mutta mitä pidemmälle kesää päästiin, sitä enemmän Krisun juominen oli alkanut huolestuttaa Tonia ja muita ihmisiä. Toni toki itsekin tykkäsi ottaa alkoholia ihan reilustikin viikonloppuisin, mutta Krisulla ei enää ollut itsekontrollia juomisensa kanssa. Hänelle ei ollut enää niin väliä, oliko kyseessä arkipäivä vai viikonloppu; aina oli hyvä syy juoda. Täytettyään 18 vuotta, Krisu sai mittavan summan rahaa sukulaisiltaan. Silloin Krisun elämä viimeistään lähti hieman raiteiltaan. Krisu osti saamillaan rahoilla auton itselleen, mutta loput rahat kuluivat pääasiassa paikallisessa baarissa, Hotelli Kantrissa. Rahamiehenä Krisulla oli tapana maksaa kavereidensakin juomat, mutta tämän lisäksi hän myös tarjosi varsin avokätisesti tuntemattomillekin juomia. Krisun tietyt kaverit pyytelivätkin lähes päivittäin häntä lähtemään baariin heidän kanssaan, koska tiesivät saavansa vietettyä mukavan illan siellä ilmaiseksi. Krisu myös sai helposti paljon uusia kavereita tällä toiminnallaan. Kesän loppupuolella, kun Krisun rahat alkoivat loppua, niin myös jostain syystä nämä kaveritkin kaikkosivat.

Krisulla alkoi myös olla ongelmia muistaa, mitä kaikkea ryyppyiltoina oli tapahtunut. Eräänäkin päivänä Tonin ja Krisun tavatessa, oli Krisun naama ollut aivan mustelmilla.

"Mitä sulle on tapahtunut?" kysyi Toni.

"Sain eilen turpaan joltain tuntemattomalta", vastasi Krisu.

"Miksi sä sait turpaan?"

"Ei pienintäkään hajua. En muista yhtään."

Vaikka Krisun elämäntyyli alkoikin osoittaa yhä enemmän rappioalkoholistin tunnusmerkkejä, niin hän ei ollut kuitenkaan hypännyt humalassa auton rattiin. Krisuun pystyi aina luottamaan, kun hän oli auton kanssa liikenteessä. Tämän vuoksi Toni uskalsi mennä Krisun kyytiin, koska tämä oli aina selvin päin autoa ajaessaan. Meripäivien jälkeisellä viikolla tiistai-iltana tämä kuitenkin muuttui. Toni oli kotonaan, kun sai puhelun Krisulta:

"Moi Toni! Olen parin kaverin kanssa vähän ajelemassa. Me tullaan siihen sun talon edustalle. Tule pihalle moikkaamaan meitä."

Krisu kuulosti hieman humalaiselta puhelimessa, mutta Toni ajatteli, että tuskin Krisu kuitenkaan kännissä olisi lähtenyt ajamaan autoa, kun ei ollut aiemminkaan niin tehnyt. Toni meni pihatielle odottelemaan Krisua, ja hetken päästä auto saapuikin. Toni ei ollut uskoa silmiänsä, kun näki Krisun auton. Auto oli aivan romuna. Näytti aivan siltä, kuin rekka olisi törmännyt Krisun autoon kovaa vauhtia. Auton takapenkillä istui kaksi henkilöä, jotka Toni tunnisti. Molemmat olivat olleet Tonin kanssa samaan aikaan yläasteella, mutta he tosin olivat olleet rinnakkaisluokalla. Toinen heistä oli nimeltään Lari, joka oli jo yläasteella varsinainen häirikkö. Lari ei kunnioittanut ketään eikä mitään. Krisu nousi autosta kuskin paikalta tervehtiäkseen Tonia, jonka jälkeen Toni kysyi:

"Mitä sun autolle on tapahtunut?"

"Käytiin vähän ajelemassa Kotkassa. Oltiin siinä Sibeliuksenpuiston parkkipaikalla, kun joku mulkku peruutti päin mun autoa ja lähti karkuun", Krisu vastasi.

"Aika kovaa on peruuttanut, kun sun auto on tuossa kunnossa", Toni sanoi.

"Näin siinä kävi", totesi Krisu.

Tonilla oli vaikeuksia uskoa tätä tarinaa, koska ei auto olisi mitenkään voinut mennä noin pahaan kuntoon pelkästään sen takia, että joku olisi peruuttanut sitä päin parkkipaikalla, mutta Krisu vakuutti puhuvansa totta. Luottamusta ei myöskään hirveästi herättänyt se, että Krisu oli aivan ympäripäissään, ja myös hänen kyydissään olleet kaksi kaveriansa olivat vähintään yhtä kovassa humalassa. Toni ajatteli, että ei hän voisi päästää Krisua enää jatkamaan ajamista tuossa humalatilassa ja kaiken lisäksi vielä kolaroidulla autolla. Toni otti avaimet auton virtalukosta ja lähti menemään takaisin sisälle taloonsa. Lari oli huomannut, mitä Toni oli tehnyt, ja lähti kävelemään kovaa vauhtia Tonia kohti. Lari vaati hyvin aggressiiviseen sävyyn autonavaimia takaisin. Toni mietti asiaa mielessään hetken ja päätti antaa avaimet takaisin Larille. Hänellä ei oikein ollut muuta vaihtoehtoa, koska Lari olisi yrittänyt ottaa avaimet takaisin keinolla tai toisella. Tonia ei houkuttanut ajatus tappelusta reilusti itseään isompikokoisemman Larin kanssa tämän ollessa päihtyneenä ja kiihtyneessä mielentilassa. Näin he saivat autonavaimet takaisin, ja Krisu hyppäsi jälleen auton rattiin. He olivat jo olleet ajelemassa Kotkassa aiemmin, joten he päättivät lähteä seuraavaksi Kouvolaan ajelemaan. Vaikka Krisu ajoikin kovassa humalassa ja selkeästi kolaroidulla, aivan romuna olevalla autolla ympäri Kymenlaaksoa tuon yön, niin kuin ihmeen kaupalla, he eivät kohdanneet ainuttakaan poliisipartiota matkalla, joka olisi pysäyttänyt heidät.

Pari päivää tuon kyseisen tapauksen jälkeen Tonin puhelin soi. Toni vastasi siihen, jolloin soittaja esittäytyi:

"Vanhempi konstaapeli Korhonen soittaa Kotkan poliisista. Tonia koitan tässä tavoitella."

"Joo, minä olen", vastasi Toni ja ihmetteli, mitä ihmettä tuo puhelu mahtaisi koskea.

"Olet toissayönä ollut vähän Kotkassa ajelemassa, eikö niin? Tuo kaverisi Kristian kertoi, että sinä olit ollut kuskina, kun nämä kolarit sattuivat hänen autollaan."

Tuo vanhempi konstaapeli kertoi Tonille, että useat silminnäkijät olivat nähneet, kuinka Krisun autoa oli ajettu täysin hallitsemattomasti ympäri Kotkan keskustaa, ja autolla oli törmätty useisiin vastaan tuleviin autoihin. Oli ollut myös helppo selvittää, kenen auto tämä oli ollut, koska Krisun auton puskuri ja rekisterikilpi olivat irronneet eräällä kolaripaikalla ja jääneet Kotkaan. Krisu kuitenkin oli kiistänyt toimineensa itse kuskina ja väitti, että Toni oli ajanut hänen autoaan kyseisenä iltana. Nyt viimeistään Tonille varmistui, ettei Krisu ollut puhunut totta, mitä hänen autolleen oli käynyt. Mutta miksi ihmeessä Krisu oli väittänyt, että Toni olisi ollut tuolloin auton kuskina? Hänhän oli vielä 17-vuotias, eikä hänellä ollut ajokorttiakaan.

"En ole ajanut sitä autoa. Eihän mulla ole edes ajokorttia", sanoi Toni.

"Kristian kuitenkin väittää sinun ajaneen tuota autoa."

"Se en kuitenkaan ollut minä", Toni vastasi.

"Selvä, minäpä soitan Kristianille ja kerron, että sinä kiistät ajaneesi tuota autoa tuona iltana. Katsotaan mitä hän sanoo."

Toni jäi ihmettelemään, mitä oikein oli tapahtunut, ja miksi Krisu väitti hänen ajaneen autoansa. Hetken päästä Krisu soitti Tonille:

"Mä sanoin äsken sille poliisille, että otin jonkun tuntemattoman tyypin kyytiin Kotkassa ja annoin sen ajaa mun autoa. Se poliisi soittaa sulle kohta uudestaan. Sano tuo sille, mitä just sanoin sulle."

Hetken päästä Tonin puhelin soi taas, ja Toni ymmärsi, että soittaja oli jälleen Korhonen Kotkan poliisista.

"No niin Toni, kysyn uudestaan: Kuka ajoi autoa tuona iltana?"

"Se oli joku tuntematon tyyppi. En tiedä kuka se oli", Toni vastasi Krisun ohjeistuksen mukaan.

"Minäpä kerron mitä itse uskon. Minä nimittäin uskon, että sinä ajoit autoa, ja nyt te Kristianin kanssa yritätte peitellä sitä. Et nimittäin tule saamaan ajokorttia, mikäli paljastuu, että sinä olet ajanut nämä kolarit. Sen takia Kristian yrittää suojella sinua."

Nyt Toni ymmärsi, että hän olikin pääepäilty näistä kolareista. Kuulosti nimittäin hyvin uskottavalta, että 17-vuotias ajokortiton poika olisi halunnut kokeilla ajaa kaverinsa autoa ja koparoinut auton. Toni ei oikein tiennyt mitä hänen olisi pitänyt tehdä, joten hän pitäytyi tarinassaan, että joku tuntematon henkilö olisi ajanut tuota autoa.

Puhelun jälkeen Toni soitti Krisulle, ja kertoi, että hän oli nyt pääepäilty näistä kolareista. Tuolloin Krisu viimein ymmärsi, että hän oli saanut Tonin pahoihin ongelmiin, ja päätti tunnustaa Korhoselle, että hän oli itse ajanut autoansa tuona iltana. Krisu oli aluksi ajatellut, että jos hän väittäisi 17-vuotiaan Tonin toimineen kuskina, niin eihän Toni siitä voisi mitään seurauksia saada, koska oli vielä alaikäinen. Lopulta asia oli kuitenkin päättynyt Tonin kannalta hyvin, kun Krisu oli päättänyt tunnustaa tekonsa. Krisu sai myöhemmin tapauksesta tuomion törkeästä liikenneturvallisuuden vaarantamisesta, mutta välttyi rattijuopumustuomiolta. Poliisi ei ollut pystynyt todistamaan, että Krisu olisi ollut humalassa ajaessaan autoa tuona iltana.

Romutettuaan ensimmäisen autonsa, Krisu päätti ostaa uuden auton pian tapauksen jälkeen. Hän ei kuitenkaan ehtinyt ajaa sillä

montaakaan päivää, kun jo romutti uuden
autonsakin. Krisu oli ajanut yli
sataakahtakymppiä viidenkympin alueella, ja
auto oli suistunut tieltä, kun hän oli yrittänyt
saada käännettyä sitä tiukassa kurvissa. Auto
oli suistunut tieltä ja kierähtänyt useamman
kerran katon kautta ympäri pitkän matkan
viereiselle pellolle. Roikkuessaan turvavöissä
kiinni ylösalaisin olevassa autossa, Krisu oli
yhtäkkiä muistanut, että hänellä oli viinapullo
auton takapaksissa. Krisu sai itsensä ulos
romuttuneesta autosta ja sai avattua
takapaksin. Krisu oli ollut hyvin huojentunut
huomatessaan, että viinapullo oli säilynyt
ehjänä, vaikka auto oli muuten aivan romuna.
Tästä tapauksesta Krisu sen sijaan ei saanut
minkäänlaista tuomiota. Hän oli kivenkovaa
väittänyt ajaneensa nopeusrajoituksen
mukaan tilanteessa, kun auto oli suistunut
pellolle. Poliisi ei tietenkään uskonut, että
Krisu olisi vain viittäkymppiä ajamalla
saanut autonsa kierimään niin pitkän matkan

pellolle, mutta ei pystynyt todistamaan, että Krisu olisi ajanut ylinopeutta tilanteessa.

Tämän tapauksen jälkeen Krisu ei enää hankkinut uutta autoa itselleen, vaan keskittyi lähinnä juomiseen ja hankkimaan rappioalkoholistin mainetta itselleen.

Kortojan puiston tytöt

Oli jälleen perjantai ja kaunis kesäsää. Tuttu porukka oli kerääntynyt Inkeroisten keskustaan nauttimaan oluesta ja hyvästä säästä. Toni, Mikko, Oskari ja Krisu istuskelivat Kortojan puiston nurmikolla olutta juoden. Kortojan puisto sijaitsi Inkeroisten keskustassa, ja sen keskellä virtasi puro. Se oli huomattavasti Opparia rauhallisempi puisto, koska nuoriso ei yleensä viettänyt siellä aikaa kovin paljon. Toni ei jaksanut olla vihainen Krisulle, vaikka Krisu olikin aluksi yrittänyt vierittää Tonin syyksi useaan kolariin johtaneen humalaisen ajelunsa Kotkan keskustassa. Krisu oli ymmärtänyt lopulta myöntää syyllisyytensä, joten kaikki oli päättynyt Tonin osalta hyvin. Mikkoa ja Oskaria tapaus huvitti suuresti, ja Tonikin alkoi jo suhtautua tapaukseen huumorilla ja hauskana tarinana, jota voisi myöhemmin kertoa.

Kun pojat olivat jo viettäneet jonkin verran aikaa puistossa ja saaneet muutamat oluet juotua, he näkivät neljän tytön kävelevän puiston läpi johtavaa polkua pitkin. Myös Krisu huomasi heidät ja sanoi:

"Mä käyn pyytämässä nuo tytöt meidän seuraan."

Krisu nousi nurmikolta ylös ja lähti kävelemään tuota tyttöporukkaa kohti.

"Ei, et mene!" huudahti Toni, mutta Krisu oli jo matkalla heidän luokseen.

Krisu oli jo sen verran päissään, että Tonia hieman hävetti Krisun puolesta. Krisu tulisi vain nolaamaan itsensä täysin, jos hän menisi pyytämään tyttöjä seuraansa. Krisu kuitenkin meni pysäyttämään polkua pitkin kävelevät tytöt. Toni, Mikko ja Oskari tarkkailivat mitä

tulisi tapahtumaan ja arvelivat, että Krisu
tuskin onnistuisi saamaan tyttöjä heidän
seuraansa. Hetken päästä poikien
hämmästykseksi Krisu kuitenkin saapui
takaisin heidän luokseen noiden neljän tytön
kanssa. Toni ei voinut käsittää, miten
silminnähden päihtynyt Krisu oli onnistunut
siinä. Nuo neljä tyttöä olivat nimiltään Heta,
Heli, Eveliina ja Isabel. Tuosta tyttöporukasta
Heta ja Heli olivat siskoksia keskenään.
Heidän perheessään tosin oli sellainen
erikoinen järjestely, että Heta asui heidän
isänsä luona ja Heli heidän äitinsä luona.

Tytöt olivat jonkin aikaa poikien seurassa,
kunnes kertoivat, että aikovat pitää
seuraavana päivänä pienet juhlat keskenään
Helin luona, eli siskosten äidin asunnolla. He
kysyivät, mikäli Toni, Krisu, Mikko ja Oskari
olisivat kiinnostuneita tulemaan näihin
juhliin. Tonia ja Krisua ajatus kiinnosti
suuresti, mutta Mikko ja Oskari eivät olleet
yhtä innostuneita. He kuitenkin sanoivat

myös todennäköisesti tulevansa. Isabel, joka oli porukan parhaimman näköinen tyttö, pyysi saada Tonin puhelinnumeron, jotta he voisivat seuraavana päivänä tavoittaa toisensa. Toni ja Isabel vaihtoivat numeroita keskenään, jonka jälkeen tytöt ilmoittivat jatkavansa matkaansa. Pojat näkisivät heidät seuraavana päivänä uudestaan. Tytöt lähtivät jatkamaan matkaansa puiston läpi, minne sitten ikinä olivatkaan alun perin menossa, ja pojat jäivät jatkamaan oluen juomista Kortojan puiston nurmelle.

Ilta sujui mukavasti, mutta myöhemmin sää muuttui huonommaksi, ja taivaalta alkoi sataa vettä runsaasti. Oli aika lopettaa ilta siihen, ja itse kunkin lähteä kotiin päin. Tonia ei olisi vielä huvittanut lähteä kotiin, mutta hänkin päätti lähteä puistosta. Tonin jo suunnatessa kotiin päin, Matias soitti yllättäen hänelle. Matias oli toiminut omille kavereilleen kuskina tuon illan aikana ja oli nyt Inkeroisissa. Matias kyselikin, mikäli Toni haluaisi nähdä häntä ja viettää jonkin verran aikaa hänen kanssaan. Toni tietysti suostui tähän, ja Matias tuli autollaan hakemaan Tonin. He menivät paikalliselle grillikioskille viettämään aikaa. Tässä vaiheessa vettä satoi jo aivan kaatamalla, ja pojat olivat katoksen alla suojassa sateelta. Toni kertoi myös Matiakselle tytöistä, ketkä he olivat tavanneet Kortojan puistossa, ja kyseli myös Matiaksen kiinnostusta osallistua seuraavan päivän juhliin Helin luona.

"Joo, kyllä mä voisin tulla myös", Matias sanoi.

Toni hieman ihmetteli, että vaikka Matias seurusteli Anitan kanssa, Matias ei silti hirveästi viettänyt aikaa tämän kanssa. Tuollakin hetkellä Matias oli yksin liikenteessä ja kertoi myös tulevansa seuraavankin päivän juhliin yksin. Tonia ei kuitenkaan haitannut, vaikkei Matias aikonutkaan ottaa Anitaa mukaansa. Seuraavana päivänä olisi tiedossa hyvät bileet joidenkin tyttöjen kanssa, ketkä hän oli juuri tavannut, ja suuri osa hänen kavereistaan olisi myös menossa sinne. Seuraavasta illasta olisi varmasti tulossa varsin hauska. Toni oli niin hyvällä tuulella, että päätti jostain syystä mennä seisomaan katoksen vesirännin alle, levitti kätensä ilmaan ja antoi sadeveden virrata päällensä. Tämän jälkeen Tonin vaatteet olivat aivan märkiä, mutta häntä se ei haitannut. Kun he olivat olleet grillikioskilla vielä jonkin aikaa, Matias antoi Tonille kyydin kotiin Anjalaan ja lähti itse ajamaan takaisin Myllykoskelle päin.

Seuraavana aamuna Toni huomasi, ettei hänen kännykkänsä jostain syystä toiminut. Silloin hän tajusi, että puhelin oli kastunut edellisenä iltana ja ei sen takia toiminut. Silloin Tonia alkoi kaduttamaan, että hän oli mennyt seisomaan vesirännin alle kaatosateessa ja antanut tahallaan itsensä kastua. Ainoa puhelinnumeroiden vaihto edellisen päivän tyttö- ja poikaporukoiden kohtaamisen aikana oli tapahtunut Tonin ja Isabelin välillä. Toni tai muutkaan pojat eivät tienneet missä Heli asui, joten Tonin olisi pakko saada Isabeliin yhteys, jotta he voisivat mennä tuon päivän bileisiin. Toni yritti turhaan saada puhelintansa toimimaan, mutta mikään ei tuntunut auttavan. Hetken päästä Toni muisti, että hänen vanha kännykkänsä oli edelleen jossain hänen kaapissansa. Toni löysi kaapista vanhan puhelimensa ja vaihtoi SIM-kortin kastuneesta puhelimestaan vanhempaan puhelimeensa. Kun Toni sai avattua kännykän, huomasi hän saaneensa aamun aikana monta tekstiviestiä Isabelilta. Kello lähenteli vasta puoltapäivää, mutta Isabel halusi jo päästä aloittamaan bileet. Tonilla ei ollut mitään muutakaan tekemistä, joten hän päätti, että voisi ihan hyvin jo lähteä tyttöjen luo aloittelemaan bileitä. Toni soitti Isabelille, ja he sopivat tapaavansa Inkeroisten keskustassa, josta he voisivat siirtyä Helin asunnolle. Toni soitti myös

Krisulle ja muillekin pojille, mutta he eivät olleet vielä innostuneita lähtemään Helin luo niin aikaisin. He sanoivat tulevansa hieman myöhemmin, ja Toni voisi jo mennä sinne ennen heitä.

Toni meni sovittuun kohtaamispaikkaan, jossa Isabel ja Heli odottivatkin jo häntä. Krisu oli sanonut hakevansa kaupasta juotavaa myös Tonille samalla kun tulisi bileisiin, joten Toni lähti suoraan kohtaamispaikalta kävelemään tyttöjen mukana kohti Helin asuntoa. He saapuivat kerrostaloalueelle, missä Heli asui äitinsä luona. Helin äiti oli myös varsin rento ihminen, koska hän oli käynyt hakemassa tytöille Alkosta viinaa, eikä häntä tuntunut haittaavan, että tytöt olivat päättäneet kutsua joitakin tuntemattomia poikia hänen asuntoonsa juhlimaan. Kun he olivat olleet jonkin aikaa asunnolla, myös muut ihmiset alkoivat pikkuhiljaa saapua paikalle. Ensin saapuivat Eveliina ja Helin nuorempi sisko

Heta. Hieman myöhemmin myös Krisu,
Mikko, Oskari ja Matias saapuivat, ja bileet
pääsivät alkamaan kunnolla. Illan aikana
Krisu ja Toni päättivät pyytää myös hiljattain
tapaamaansa Eliasta tulemaan heidän
kanssaan viettämään iltaa. Siinä vaiheessa
heillä alkoi jo olla mukava porukka kasassa.

Päivän aikana Toni alkoi kiinnostua
Isabelista, ja hän huomasi pian, että tunteet
olivat molemminpuolisia. Toni ja Isabel
päätyivätkin pian läheisiin tunnelmiin
keskenään. Isabel oli tytöistä ylivoimaisesti
parhaimman näköinen, joten Toni oli varsin
tyytyväinen, että pojista juuri hän oli
onnistunut saamaan Isabelin. Tonin
tiedustellessa Isabelin ikää, Isabel kertoi
täyttävänsä 16 vuotta seuraavan kuukauden
aikana. Toni oli vielä 17-vuotias tässä
vaiheessa, joten heidän ikäeronsa ei tuntunut
kovin suurelta. Tonille selvisi vasta usean
vuoden päästä, että Isabel oli valehdellut
ikänsä tuona päivänä ja hän olikin oikeasti

kaksi vuotta nuorempi, mitä tuolloin väitti olevansa. Isabel asui äitinsä luona Korialla, eli Anjalankosken naapurikunnassa Elimäellä, mutta vietti välillä viikonloppuja isänsä luona Inkeroisissa, kuten tuona kyseisenä viikonloppuna. Tonilla oli hauskaa Isabelin kanssa, mutta hauskuus loppui lyhyeen, kun Isabelin äiti ilmoitti jo heti alkuillasta hakevansa Isabelin takaisin kotiin Korialle. Isabelin isä oli yllättäen päättänyt alkaa juopottelemaan tuona iltana, joten Isabel ei voinut mennä enää isänsä luo yöksi.

Vaikka Isabel joutuikin lähtemään, hän sopi Tonin kanssa, että he voisivat tavata seuraavana päivänä Korialla, mikäli Toni tulisi tapaamaan häntä. Tonin harmiksi Isabel lähti, mutta bileet kuitenkin jatkuivat siitä huolimatta. Myös Krisulla kävi tuuri illan aikana, koska hän oli päätynyt läheisiin tunnelmiin Helin kanssa.

Seuraavana päivänä Toni sai hankittua itselleen kyydin Korialle ja hän meni tapaamaan Isabelia, niin kuin he olivat edellisenä päivänä sopineet. He tapasivat Korian ABC:lla, joka oli varsin yleinen nuorison ajanviettopaikka. Tonin pettymykseksi Isabel ei kuitenkaan ollut yksin, vaan hän oli useamman kaverinsa seurassa. Isabel myöskin käyttäytyi hyvin erilaisesti kuin edellisenä päivänä. Heidän välillänsä ei myöskään ollut enää samanlaista kemiaa. Toni vietti päivän Isabelin ja hänen kavereidensa seurassa, ja kävi ilmi, että Isabelin päivät kuluivat tyypillisesti juuri tuolla tavalla. Hänellä oli tapana mennä heti aamusta ABC:lle istuskelemaan, viettää siellä aikaa kavereidensa kanssa ja lähteä vasta illalla kotiin. Vaikka Tonilla olikin ollut tylsä päivä Isabelin kanssa Korialla, koska he olivat vain istuneet huoltoasemalla koko päivän tekemättä mitään, hän kuitenkin päätti tulla tapaamaan Isabelia jälleen seuraavana päivänä. Ehkäpä silloin he voisivat tehdä jotain hieman mielenkiintoisempaa. Seuraava päivä kuitenkin sujui aivan yhtä tylsästi kuin edellinenkin päivä. Jälleen kerran Isabel halusi vain istuskella koko päivän huoltoasemalla kavereidensa kanssa. Isabel kenen kanssa Toni oli ollut hyvinkin läheisissä väleissä lauantaina, oli ollut hyvin jännittävää seuraa ja mielenkiintoinen persoona. Hän ei millään tunnistanut tuota päivittäin huoltoasemalla kavereidensa kanssa maleksivaa tyttöä samaksi henkilöksi, keneen oli pari päivää sitten hullaantunut kovasti. Toni päätti vielä kerran tulla katsomaan Isabelia Korialle, mutta tuonkin päivän ollessa aivan yhtä sisällötön kuin edellisetkin, ja Isabelin paljastuessa niinkin tylsäksi henkilöksi, hän päätti, ettei sellainen suhde sopisi hänelle. Toni ei enää aikonut tulla tapaamaan Isabelia tuon kerran jälkeen.

Seuraavana päivänä Toni yritti soittaa Isabelille kertoakseen, ettei enää aikoisi tulla tapaamaan häntä, mutta Isabel ei vastannut hänen puheluihinsa. Ehkäpä Isabelin kiinnostus Tonia kohtaan oli myös hävinnyt, eikä hän edes enää jaksanut vastata Tonin soittoihin. Elettiin torstai-iltaa, ja Toni oli yksin kotonaan. Hänen vanhempansa olivat lähteneet johonkin ja tulisivat takaisin vasta seuraavan päivän iltana. Toni olikin ehdottanut kavereilleen, että he voisivat perjantaina hieman aloitella juomista alkuillasta hänen luonaan, ja siirtyä myöhemmin jatkamaan iltaa vaikkapa johonkin Inkeroisten puistoon. Torstai-illalle hänellä ei kuitenkaan ollut mitään suunnitelmia, kunnes hän sai tekstiviestin kännykkäänsä:

"Moi. Mitä kuuluu?"

Viesti oli tullut numerosta, jota Toni ei tunnistanut.

"Moi vaan. Ihan hyvää kuuluu. Kukas oikein olet?" vastasi Toni viestiin.

"Ai sulla ei olekaan mun numeroa? Mä olen Eveliina. Me tavattiin viikonloppuna.

Ajattelin kysyä, kiinnostaisiko sua nähdä mua, Hetaa ja Heliä? Me ollaan tässä Inksan torilla. Tule käymään täällä."

Toni ei edes muistanut antaneensa Eveliinalle puhelinnumeroaan, mutta hänellä ei ollut parempaakaan tekemistä illalle tiedossa, joten hän päätti lähteä tapaamaan tyttöjä Inkeroisten torille. Tytöt kyllä tiesivät, että Toni oli ollut läheisissä väleissä heidän kaverinsa Isabelin kanssa, mutta he eivät ottaneet Isabelia puheeksi missään vaiheessa iltaa. Toni, Eveliina, Heta ja Heli viettivät nelistään aikaa keskustan alueella ja kiipesivät tikkaita pitkin erään keskustan kaupan katolle hengailemaan. Illan aikana Heta alkoi osoittamaan kiinnostusta Tonia kohtaan. Toni ihmetteli tätä hieman, koska Heta oli kuitenkin nähnyt Tonin ja Isabelin yhdessä viikonloppuna. Heta ei myöskään kysynyt missään vaiheessa, oliko Tonin ja Isabelin välille kehittynyt jonkinlainen suhde viikonlopun jälkeen. Tultuaan alas kaupan katolta, he päättivät kaikki lähteä Tonin luokse Anjalan puolelle.

Tonin luona Heta alkoi osoittamaan yhä enemmän merkkejä, että hän piti Tonista. Eveliina ja Heli päättivätkin jossain vaiheessa iltaa, että heidän olisi parasta lähteä ja jättää Toni ja Heta jatkamaan iltaa kahdestaan. Toni ja Heta viihtyivätkin hyvin yhdessä tuon illan aikana, ja Heta päätti jäädä yöksi Tonin luo. Kun he heräilivät seuraavana aamuna, Tonin talon ovikello soi. Toni meni avaamaan oven, ja sen takana seisoivat Krisu ja Elias parin mäyräkoiran kanssa. He olivat päättäneet, että bileet aloitettaisiin aikaisin, vaikka Toni oli puhunut, että he voisivat tulla vasta alkuillasta hänen luokseen.

"Isabel jätti sut. Miltäs tuntuu?" Elias sanoi Tonille naurahtaen samalla.

"Isabel teki mitä?" sanoi Toni ja ihmetteli, mitä Elias oikein tarkoitti sanomallaan.

"Käy katsomassa sun IRC-Galleria. Isabel kirjoitti sulle viestin sinne", vastasi Elias.

Krisu ja Elias tulivat sisälle ja huomasivat, että myös Heta oli Tonin luona. He olivat hieman ihmeissään, kun tajusivat, että Heta oli ollut yötä Tonin luona. Toni päätti avata tietokoneen ja meni katsomaan, minkälainen viesti hänen IRC-Gallerian profiilissaan odotti. Toni huomasi, että Isabel oli kommentoinut edellisenä iltana hänen profiilikuvaansa: "Mitä jos oltaisiin vain kavereita?" Tämä tietysti sopi Tonille, mutta Toni ihmetteli, miksi Isabel oli kirjoittanut tämän viestin IRC-Galleriaan, eikä lähettänyt vaikkapa tekstiviestiä hänen kännykkäänsä. Tuo kommentti oli siellä täysin julkisesti kaikkien nähtävillä, ja jopa Elias oli huomannut sen ennen Tonia. Samalla Tonille myös valkeni syy, miksei Isabel ollut vastannut hänen puheluihinsa edellisenä päivänä. Päätös tapailun lopettamisesta oli ollut näköjään molemminpuolista. Kun Toni,

Heta, Krisu ja Elias olivat nelistään vaihtaneet kuulumisia tarpeeksi kauan, Heta totesi, että hänen olisi jo aika lähteä kotiin.

Hetan lähdettyä, Toni avasi myös oluen ja hän alkoi kertomaan tarinaansa Krisulle ja Eliakselle, miten Heta oikein oli päätynyt hänen luokseen. Muutamat oluet juotuaan, he päättivät siirtyä ulos Inkeroisten keskustaan tapaamaan muita kavereitaan.

Seuraavan päivän Toni ja Heta viettivät yhdessä ja he tulivat toimeen keskenään oikein hyvin. Toni ajatteli, että hänelle voisi jopa kehittyä Hetan kanssa ihan oikea suhde. He tapasivat toisensa myös heti seuraavana päivänä. Kun he olivat tuona päivänä kävelemässä Inkeroisista Anjalaan päin, Heta sai puhelun poikaystävältään. Se oli Tonille aikamoinen yllätys. Heta ei ollut missään vaiheessa kertonut Tonille, että hänellä olisi poikaystävä. Toni kuunteli Hetan ja tämän poikaystävän riitelyä, ja kävi ilmi, että Heta oli juuri päättänyt heidän suhteensa aivan yllättäen, eikä poikaystävä tiennyt, miksi Heta oli tehnyt niin. Toni ymmärsi, että hän oli ollut syy Hetan ja tämän poikaystävän eroon. Puhelun jälkeen kävi ainakin selväksi, että Hetan ja tämän poikaystävän suhde oli tuolloin päättynyt lopullisesti. Vaikka Tonin ja Hetan juuri alkanut suhde olikin perustunut valheeseen, niin Toni päätti, ettei antaisi sen häiritä itseään. Toni ja Heta päättivät alkaa seurustelemaan keskenään tuona päivänä.

Paratiisi on Tallinnan laivalla

Kesän loppupuolella koitti viimein se hetki, mitä Toni oli odottanut jo pitkään. Hän täytti 18 vuotta ja tuli täysi-ikäiseksi. Toni oli kutsunutkin lähes kaikki kaverinsa viettämään 18-vuotissyntymäpäiviään luokseen. Myös Tonin kaveri Markus, joka ei yleensä osallistunut bileisiin, oli lupautunut tulemaan paikalle. Markus oli myös täyttänyt 18 vuotta pari viikkoa ennen Tonia, joten täytyihän hänenkin juhlia omaa täysi-ikäistymistään. Iltaa vietettiin Tonin luona isolla porukalla. Kaikki Tonin parhaat ystävät ja myös Heta kavereineen olivat paikalla. Kun ilta oli edennyt tarpeeksi pitkälle, porukan täysi-ikäiset päättivät, että olisi aika siirtyä Hotelli Kantrin baariin. Tonikin pääsi menemään sinne ikänsä puolesta nyt ensimmäistä kertaa. Heta oli Tonia miltei pari vuotta nuorempi, joten hän suuntasi omien kavereidensa kanssa muualle jatkamaan iltaa. Muut tytöt olivat myös vielä alaikäisiä. Eveliina oli ottanut muutaman juoman liikaa illan aikana ja hän käveli suoraan päin ulkoovea pois lähtiessään. Markus ei myöskään ollut tottunut vielä juomaan alkoholia samalla tavalla kuin muut pojat, joten hän oli sammunut Tonin sohvalle illan aikana. Pojat jättivät Markuksen nukkumaan ja suuntasivat itse Hotelli Kantriin Inkeroisten keskustaan.

Baarin ovella Krisulla oli hieman vaikeuksia päästä sisään. Krisu oli tyypilliseen tapaansa hyvin päissään, ja baarin portsari huomasi tämän, mutta päätti lopulta päästää myös Krisun sisälle. Ei kuitenkaan mennyt montaa minuuttia, kun Krisu jo kaatuili ympäriinsä baarissa, kaataen samalla pöydät ja tuolitkin perässään. Krisu heitettiin baarista pihalle

yhtä nopeasti, kuin oli tullut sisällekin. Muut
pojat viettivät kuitenkin mukavan illan
baarissa. Krisu oli kuulemma vielä yrittänyt
tämän jälkeen kävellä baarin luota takaisin
Tonin kotitalon luokse, mutta oli kaatunut
kännipäissään matkan aikana niin monta
kertaa, että päätti luovuttaa kesken ja mennä
omaan kotiinsa sen sijaan.

Aamulla Markus heräsi Tonin sohvalta,
ihmetellen kovasti miten hän oli niin helposti
sammunut edellisenä iltana, ja miten häneltä
oli jäänyt melkein kaikki illan tapahtumat
välistä. Markuksella oli Tonille myös
ehdotus, nyt kun he olivat täysi-ikäisiä. Hän
ehdotti Tonille, että he voisivat lähteä laivalla
Tallinnaan. Jos he ottaisivat neljän hengen
hytin, he voisivat pyytää kahta muuta
kaveriansa mukaan. Toni piti risteilyä hyvänä
ideana, ja he alkoivat Markuksen kanssa
miettimään, keitä kahta kaveriansa he
pyytäisivät lähtemään mukaan. Markus oli
myös huomannut, miten Krisun juominen oli

lähtenyt hieman lapasesta tuon kesän aikana, ja miten Krisu oli yhä enemmän alkanut muistuttamaan rappioalkoholistia näin lyhyessä ajassa. Toni ja Markus olivat yhtä mieltä, että ainakaan Krisua he eivät pyytäisi mukaan. Ei olisi kovin mukavaa joutua huolehtimaan Krisusta risteilyllä.

Reissustahan tulisi täysi katastrofi, mikäli Krisu olisi siellä sekoilemassa ja kaatuilemassa ympäripäissään. He päätyivät lopulta pyytämään mukaan Oskaria ja Villeä, joista molemmat suostuivatkin lähtemään heidän kanssaan.

Muutaman päivän kuluttua Toni, Markus, Oskari ja Ville nousivat laivaan Helsingissä. Tarkoituksena oli viettää yksi yö laivalla, tämän jälkeen viettää päivä Tallinnassa ja tulla illalla takaisin Helsinkiin, josta he siirtyisivät takaisin Inkeroisten suuntaan. He olivat nyt kaikki täysi-ikäisiä, joten heidän ei enää tarvinnut tyytyä pussikaljaan ja puistossa istumiseen, vaan saattoivat toteuttaa tuollaisenkin Tallinnan reissun. Laivalla he suuntasivat ensin Tax Free -myymälään hakemaan juomista ja siirtyivät tämän jälkeen hyttiinsä aloittelemaan iltaa. Hytissä pojat kumosivat oluen jos toisenkin ja siirtyivät illemmalla laivan baariin. Jossain vaiheessa aamuyötä Toni ja Markus totesivat, että oli jo aika siirtyä hytin puolelle nukkumaan. Heidän täytyisi kuitenkin jaksaa viettää melkein koko seuraava päivä Tallinnassa. Oskari ja Ville sen sijaan eivät vielä halunneet nukkumaan. He hakivat baaritiskiltä lisää shotteja itselleen ja jäivät vielä baariin istumaan.

Aikaisin aamulla Toni ja Markus heräsivät hytissä siihen, kun Oskari meni suihkuun. Heidänkin täytyi alkaa heräilemään, koska laivasta pitäisi poistua pian. He olivat juuri pukeutumassa, kun yhtäkkiä Ville nousi sängystänsä pystyyn ja oksensi suoraan hytin lattialle niin, että oksennus lensi kaaressa hytin seinille sekä myös osittain Tonin ja

Markuksen päälle. Toni oli juuri pukemassa sukkaa jalkaansa, kun hän huomasi, että kyseinen sukka oli aivan Villen oksennuksessa. Oksennusta oli aivan kaikkialla. Koko lattia, poikien vaatteet ja tavarat olivat tuossa vaiheessa aivan järkyttävän hajuisia kaikesta tuosta oksennuksen määrästä johtuen. Pian Oskari tuli ulos suihkusta ja ihmetteli mitä oli tapahtunut. Hän oli ainoa, joka säästynyt äskeiseltä oksennussuihkulta. Oskarin tultua ulos suihkusta, syöksyi Ville saman tien itse sinne. Toni ja Markus kasailivat oksennuksen peitteessä olevia tavaroitaan lähtöä varten, koska heidän pitäisi poistua hytistä piakkoin. Hetken päästä he kuulivat suihkusta kantautuvan kovan rysäyksen, aivan kuin joku olisi kaatunut siellä. He avasivat suihkutilan oven ja huomasivat Villen makaavan suihkun lattialla kalsareissaan. Ville ei ollut edes ymmärtänyt riisua kalsareitaan suihkuun mennessään. Poikien kuulema rysähdys johtui siitä, että Ville oli liukastunut suihkussa, ja makasi sen takia suihkun lattialla. Heidän täytyi kuitenkin jo alkaa poistua hytistä ja siirtyä maihin Tallinnaan. Tonilla, Markuksella ja Oskarilla tosin meni vielä jonkin aikaa saada Ville pois suihkusta makaamasta.

Lopulta Ville saatiin myös poistumaan hytistä, ja he siirtyivät laivasta terminaalirakennukseen. Terminaalissa oli valuutanvaihtopiste, jossa Ville kävi vaihtamassa aivan tolkuttoman ison summan euroja Viron kruunuiksi. He viettäisivät kuitenkin vain puolisen päivää Tallinnassa, joten ei Ville pystyisi mitenkään käyttämään kaikkia vaihtamiaan kruunuja.

Valuutanvaihtopisteen luota poispäin kävellessään, Villen juuri vaihtamat setelit leijailivat samalla pitkin terminaalia. Ville oli edelleen niin päissään, ettei edes huomannut tätä. Joku ystävällinen virolainen auttoi Villeä keräämään hänen setelinsä maasta.

Terminaalista ulos päästyään, Ville ja Oskari lyyhistyivät saman tien terminaalin viereiselle nurmikolle ja sammuivat siihen.

Toni ja Markus yrittivät saada Villeä ja Oskaria hereille, mutta turhaan.

"Mitäs nyt tehdään?" Markus kysyi Tonilta.

"Jos me vaan jätetään ne tuohon nurmikolle makaamaan, niin joku vielä tulee ja ryöstää ne", sanoi Toni.

"En mä ainakaan halua jäädä tähän. Mennään me kahdestaan jonnekin odottamaan, että noi selviää hieman", totesi Markus.

"Otetaan niitten lompakot niitten taskuista meidän mukaan. Sillä tavalla kukaan ei ainakaan ryöstä niitä", ehdotti Toni.

Toni ja Markus yrittivätkin viedä nurmikolla makaavien Villen ja Oskarin taskuista lompakot, mutta nämä alkoivat taistella vastaan, eivätkä antaneet viedä niitä. Eivät he tosin tajunneet, että kyseessä olivat olleet

Toni ja Markus, jotka vain ajattelivat heidän parastaan.

"Jos me ei saatu vietyä niitä, niin kyllä ne saa puolustettua itseään, mikäli joku muu yrittää niin tehdä. Lähdetään me vaan ja tullaan myöhemmin takaisin", sanoi Markus.

Toni ja Markus menivät Tallinnan sataman vieressä olevalle Linnahallille istuskelemaan, joka oli neuvostoaikainen betonirakennelma. Noin tunnin päästä he palasivat takaisin Villen ja Oskarin luokse, jotka alkoivatkin jo voida hieman paremmin. Heillä oli kuitenkin tuossa vaiheessa jo uusi ongelma: Villellä ei ollut alushousuja ollenkaan jaloissaan, koska hän oli mennyt suihkuun ne päällä, ja heittänyt suihkun jälkeen märät kalsarinsa roskiin ennen pukeutumistaan ja hytistä poistumistaan. Nyt Ville halusi kuumeisesti uudet kalsarit, koska hänellä oli epämukava olo ilman niitä.

"Mä haluan alushousut!" huuteli nurmikolla makaava Ville.

"No mennään ostamaan sulle uudet kalsarit. Tossa on kauppa vieressä, jossa myydään vaatteita", sanoi Toni ja osoitti aivan terminaalin vieressä olevaa vaatekauppaa.

"Ei! Mä en mene sinne. Siellä on kallista. Mennään etsimään joku halvempi kauppa", sanoi Ville ja jatkoi: "Mennään keskustaan. Siellä on halpoja kauppoja."

Kaikki neljä lähtivät kävelemään satamasta poispäin Villen johdolla. Toni kuitenkin huomasi, että Ville oli johdattamassa heitä aivan päinvastaiseen suuntaan, mihin heidän olisi pitänyt mennä.

"Ville, keskusta on tuolla toisessa suunnassa. Sä olet menossa aivan väärään suuntaan", sanoi Toni.

"En ole! Kyllä mä tiedän, missä Tallinnan keskusta on. Mä olen käynyt täällä monta kertaa aiemmin", totesi Ville ja jatkoi kävelyään päättäväisesti väärään suuntaan.

Koska Ville oli vahvasti päättänyt, että hän oli menossa oikeaan suuntaan, Toni katsoi parhaaksi antaa Villen johdattaa heidät sinne, minne hän halusikaan mennä. Jonkin ajan kuluttua he olivat jo kaukana satamasta, eikä Tallinnan keskustaa näkynyt vieläkään, mutta heidän matkan varrelleen osui vaatekauppa.

"Tuossa on vaatekauppa. Mene Ville sinne ostamaan ne kalsarit", sanoi Toni.

"En mene tuonne! Siellä on kallista. Mä menen keskustaan. Siellä on halpoja vaatekauppoja", sanoi Ville ja jatkoi joukon johdattamista yhä kauemmas satamasta ja keskustasta.

Kun he olivat jo yli tunnin kävelleet Villen johdattamaan suuntaan, eikä Tallinnan keskustaa vieläkään näkynyt, muut pojat saivat viimeinkin vakuutettua Villen kääntymään ympäri ja palaamaan satamaan päin. Matkalla takaisin satamaan päin he kohtasivat useita vaatekauppoja, mutta mikään niistä ei Villelle kelvannut. Syy oli aina sama: "Liian kalliita kauppoja. Keskustassa on halpoja vaatekauppoja."

Kun he kolmen tunnin kävelyn ja kiertelyn jälkeen saapuivat viimein takaisin samaan paikkaan sataman edustalle, mistä olivat alun perin lähteneet, alkoivat kaikkien hermot olla jo kireinä.

"Mä haluan alushousut!" jatkoi Ville edelleen valittamistaan.

"Tuossa on se vaatekauppa, mitä mä ehdotin sulle jo kolme tuntia sitten, kun me lähdettiin tästä. Nyt menet tuohon vaatekauppaan ja ostat ne kalsarit viimein itsellesi", sanoi Toni.

Lopulta kun he olivat jo kolme tuntia kävelleet ympäri kaupunkia etsimässä Villelle kalsareita, Ville suostui viimein menemään tuohon kauppaan, mitä Toni oli hänelle alun perin ehdottanut. Hetken päästä

Ville tuli ulos kaupasta tyytyväisen näköisenä ja sanoi:

"No nyt mulla on alushousut. Eikä maksanut paljoa. Toi oli tosi halpa kauppa."

Pojat olivat jo väsyneitä ja nälkäisiä kaiken tuon turhan kävelyn takia, mitä heidän oli pitänyt tehdä Villen vuoksi. He päättivät, että on syytä käydä syömässä jotain, ennen kuin laiva lähtee takaisin Suomeen. Tällä kertaa Toni päätti johdattaa joukon keskustaan, ja he kävelivätkin sinne vartissa, koska lähtivät tällä kertaa oikeaan suuntaan. He kävivät nopeasti Hesburgerissa syömässä ja päättivät suunnata sen jälkeen viinakauppaan ostamaan juomista vietäväksi takaisin kotiin, Tallinnassa kun kerran olivat. He kävivät SuperAlkossa tekemässä ostoksensa ja lähtivät sen jälkeen kävelemään takaisin laivaterminaalia kohti. Ville oli ostanut monta koppaa olutta ja niitä kantaessaan, hän alkoi valittamaan kovaa kipua kyljessään. Ville ei kyennyt kipunsa takia kantamaan ostoksiaan terminaaliin. Koska Markus ei ollut ostanut mitään viinakaupasta, Ville laittoi tämän kantamaan olutkoppansa terminaaliin ja laivaan.

Paluumatkalla kenenkään heistä ei enää tehnyt mieli juoda mitään alkoholipitoista. Matka meni lähinnä kuunnellessa Villen valitusta kipeästä kyljestään. Takaisin Anjalankoskelle päästyään Toni ja Markus lupasivat toisilleen, että mikäli he vielä joskus lähtisivät uudestaan laivalle, niin he eivät todellakaan ottaisi enää Villeä mukaan. Usean tunnin kävely ympäri Tallinnaa oksennuksen hajuisissa vaatteissa etsimässä Villelle kalsareita ei ollut mitenkään mieluisa kokemus. Heille tosin selvisi myöhemmin, että Ville ei ollut valittanut turhaan kylkikipuaan. Sairaalassa oli nimittäin selvinnyt, että Villen kylkiluu oli murtunut, kun hän oli liukastunut hytin suihkussa.

Villen ja Elinan rakkaustarina

Elettiin jo kesäloman loppupuolta, ja kesän aikana hyvin ystävystyneet kaverukset viettivät iltaa Opparissa istuen ja alkoholijuomia nauttien. Tonin lisäksi puistossa olivat Markus, Mikko, Oskari, Ville, Tonin tyttöystävä Heta ja näiden lisäksi vielä Heli, Eveliina, Anita ja Jenna. Porukka odotti myös Krisun saapuvan paikalle piakkoin. He olivat ihmetelleet Krisun kotitalon edustan ojassa olevaa autoa, mutta päätyivät siihen ratkaisuun, ettei Krisu olisi voinut kyseistä autoa ajaa tuohon ojaan, koska Krisulla ei enää ollut autoa, koska oli romuttanut molemmat autonsa, mitkä hän oli omistanut. Hetken kuluttua Krisu saapui myös puistoon, jälleen naama mustelmilla.

Krisu kertoi, että hän oli muutamaa iltaa aiemmin liittynyt joidenkin tuntemattomien miesten seuraan, ja nämä olivat jossain vaiheessa iltaa hakanneet ja ryöstäneet hänet. Miehet olivat vieneet Krisulta kengätkin jaloista ja jopa paidan päältä. Krisu oli jäänyt pelkissä kalsareissa kadulle makaamaan pahoinpideltynä. Hän oli kuitenkin päässyt ambulanssin kyydissä sairaalaan ja viettänyt siellä pari päivää. Toni ja muut eivät malttaneet olla kysymättä Krisulta, tiesikö hän jotain ojaan ajetusta autosta, minkä he olivat nähneet Krisun kotitalon edustalla. Krisu kertoikin, että auto kuului eräälle hänen elimäkeläiselle kaverilleen. Krisu oli kuulemma ollut juuri edellisenä iltana kaverinsa luona Elimäellä juopottelemassa. Jossain vaiheessa iltaa heille oli tullut tylsää Elimäellä, ja he olivat päättäneet lähteä Inkeroisiin katsomaan, olisiko siellä parempi meininki. Krisun kaveri oli kuitenkin ollut niin päissään, ettei hän itse ollut uskaltanut lähteä auton rattiin, vaan päätti antaa Krisun ajaa autoaan. Jälkiviisaasti ajateltuna ei tietysti ollut mikään järkevin ratkaisu antaa autonsa avaimia voimakkaasti päihtyneelle Krisulle, joka oli saman kesän aikana romuttanut jo kaksi autoa. Krisu oli kuitenkin saanut kuin ihmeen kaupalla ajettua auton Elimäeltä Inkeroisiin asti ilman ainuttakaan kolaria matkalla. Tästä huolimatta Krisu kuitenkin ajoi lopulta auton ojaan omalla kotipihallaan, kun hän yritti parkkeerata sitä. Krisu yritti kaverinsa kanssa saada autoa pois ojasta, kunnes paikalle oli tullut poliisipartio. Joku naapureista oli ilmeisesti soittanut hätäkeskukseen asiasta. Poliisit olivat puhalluttaneet molemmat pojat, ja he olivat kumpikin puhaltaneet reilusti yli kahden promillen lukemat. Tällä kertaa Krisu ei tulisi enää välttymään rattijuopumussyytteeltä. Krisu oli viettänyt kaverinsa kanssa juuri edellisen yön putkassa ja oli juuri tuona päivänä päässyt pois sieltä. Krisulla oli siis hyvä syy juhlia putkasta pääsemistään ja liittyä kaverusten seuraan Opparissa.

Markuksella oli ollut myös oma projektinsa viime päivien aikana. Hän oli päättänyt valmistaa itse kiljua ja olikin keittänyt sitä useita litroja. Markus oli ottanut itse tekemäänsä kiljua mukaan Oppariin monta pulloa ja tarjosi sitä myös kavereilleen juotavaksi. Kilju olikin aika tujua tavaraa, koska Toni tunsi päihtyvänsä siitä voimakkaasti.

Samassa puistossa oli tuona iltana ollut heidän porukkansa lisäksi myös toinen porukka. He tosin vaikuttivat Tonin kaveriporukan henkilöitä pari vuotta vanhemmilta ja näyttivät hyvin vahvasti narkomaaneilta. He kuitenkin istuskelivat nurmikolla etäällä Tonin porukasta, joten heidän läsnäolonsa ei häirinnyt heidän iltaansa. Kuitenkin jossain vaiheessa iltaa kyseisessä narkomaaniporukassa ollut pariskunta alkoi riitelemään kovaan ääneen. Pariskunnan mies lähti selkeästi jostain suuttuneena kävelemään pois puistosta, naisen suunnatessa itkien joen rannan suuntaan. Nainen menikin istumaan joen rantaan, jatkaen itkemistä. Tässä vaiheessa Ville päätti mennä istumaan naisen seuraksi rantaan ja lohduttamaan tätä. Kun ilta oli edennyt tarpeeksi pitkälle, porukka alkoi pikkuhiljaa hajaantua ja kukin lähti kotiinsa päin. Ville jäi kuitenkin vielä puistoon istuskelemaan tuon naisen kanssa.

Seuraavana päivänä Toni ja muut kaverukset olivat jälleen istumassa Opparin nurmikolla ja viettämässä siellä hyvää kesäpäivää. Pian he näkivät myös Villen saapuvan puistoon jonkun naisen kanssa. He tunnistivatkin naisen samaksi henkilöksi, kenen kanssa Ville oli edellisenä iltana istuskellut joen rannassa. Villellä olikin iloista ilmoitusasiaa kaikille:

"Hei kaikille, tässä on Elina. Mulla on teille iloisia uutisia. Me ollaan juuri menty kihloihin."

Porukassa oltiinkin varsin yllättyneitä tästä ilmoituksesta, kun ottaa huomioon, että Ville ja Elina olivat tavanneet toisensa vasta edellisenä iltana. Elina liittyi heidän seuraansa ja mitä enemmän Elina kertoi itsestään, sitä kummallisemmalta Villen päätös kihlata juuri tapaamansa nainen tuntui. Elinalla oli selkeästi jonkinasteinen huumeongelma, ja hän olikin käyttänyt huumeita säännöllisesti jo useamman vuoden ajan. Elina myös asui yhdessä miehen kanssa, joka oli riidellyt hänen kanssaan edellisenä iltana, ja kaiken lisäksi heillä oli vielä yhteinen lapsi, joka tosin oli huostaanotettuna, johtuen lapsen vanhempien huumeiden käytöstä.

Kului pari päivää, ja Toni oli jälleen viettämässä iltaa kavereidensa kanssa, kun Ville tuli jälleen paikalle Elinan kanssa, ja heillä oli jälleen uutta ja iloista ilmoitusasiaa. Ville oli hankkinut heille yhteisen asunnon, ja he muuttaisivat yhteen. He olivat myös jo sopineet menevänsä naimisiin keskenään seuraavana kesänä. Kenenkään mielestä Villen toiminnassa ei ollut minkäänlaista järkeä, mutta kukaan ei viitsinyt sanoa Villelle mitään asiasta. Ville oli kuitenkin aikuinen ihminen ja tekisi itse päätöksensä omasta elämästään.

Seuraavina päivinä Tonia ja muita alkoi jo hieman huolestuttaa Villen raju elämänmuutos, mikä oli tapahtunut vain muutamassa päivässä. Ville vietti aikansa Elinan narkomaaniystävien seurassa ja alkoi itsekin käyttämään jonkin verran huumeita. Alkoholin ja lääkkeiden sekakäyttö tuli myös osaksi Villen elämää. Hänellä oli myös rajuja väkivaltaisia riitoja Elinan kanssa, joissa huidottiin jopa keittiöveitsillä. Ville vaikutti myös hyvin masentuneelta ja hukutti murheensa lähinnä päihteisiin. Hän oli myös

Elinan kautta tutustunut aivan vääränlaisiin ihmisiin: narkomaaneihin ja elämäntaparikollisiin. Noiden päivien aikana Ville menetti myös ajokorttinsa jäätyään kiinni rattijuopumuksesta. Hän oli riidellyt Elinan kanssa ja päättänyt lähteä suutuspäissään ajamaan autoa humalassa ympäri Kymenlaaksoa, ja joutunut poliisipartion pysäyttämäksi. Kavereilleen hän tosin väitti vain siirtäneensä autoansa alle 100 metriä paikasta toiseen erään kerrostalon parkkipaikalla parin oluen jälkeen, kun huono tuuri oli iskenyt, ja poliisit olivat sattuneet juuri silloin yllättäen paikalle. Toni ja muut tosin tiesivät mitä todellisuudessa oli käynyt, koska Elina oli sen heille kertonut.

Kului jälleen muutama päivä, ja Toni oli juuri Inkeroisten keskustassa kävelemässä kotiinsa Anjalaan. Silloin hän sai puhelun Villeltä:

"Hei Toni, missä olet?"

"Tässä Inksan keskustassa menossa kotiin päin. Kuinka niin?"

"Odota siinä. Mä tulen käymään siinä ihan justiinsa", sanoi Ville ja lopetti puhelun.

Toni jäi keskustaan odottelemaan Villeä ja huomasi tämän saapuvan paikalle taksilla. Ville nousi taksin kyydistä ja tuli Tonin luo.

"Mä halusin tavata sut, jotta joku tietäisi ketä olen menossa tapaamaan, jos mulle käy tänään huonosti. Katsopa mikä mulla on tässä", sanoi Ville ja näytti Tonille tupessa olevaa puukkoa, joka hänellä oli mukanaan.

"Sain kuulla, että yhdellä tyypillä on suhde Elinan kanssa, ja mä oon menossa nyt Oppariin vähän juttelemaan sen tyypin kanssa. Jos mulle käy huonosti tänään, niin tiedät, että se oli tämän tyypin syy."

Vaikka Villen aikomus mennä puukko mukanaan puistoon juttelemaan jonkun Elinan tuttavan kanssa vaikuttikin vakavalta, niin Toni ei halunnut sekaantua asiaan millään tavalla. Toni päätti mennä kotiinsa. Ei kai Ville nyt oikeasti ketään puukottaisi, Toni ajatteli. Aikaisin seuraavana aamuna Toni kuitenkin heräsi, kun hänen puhelimensa soi. Ihmetellen kuka voisi soittaa niin aikaisin aamulla hänelle, hän kuitenkin vastasi puhelimeensa.

"Se on vanhempi konstaapeli Hukkanen Kouvolan poliisista. Tonia yritän tavoitella."

"Joo, minä olen", vastasi Toni ja ihmetteli, miksi poliisista tällä kertaa soitetaan hänelle.

"Pääsetkö käymään täällä Kouvolan poliisiasemalla mahdollisimman pian?"

"Joo, kyllä pääsen. Mitähän asiaa tämä mahtaa koskea?"

"Se selviää kyllä sitten täällä asemalla."

Toni nousi ylös sängystänsä ja lähti käymään poliisiasemalla. Hänen kanssaan puhelimessa puhunut Hukkanen tuli Tonia vastaan

poliisiaseman aulaan, ja he siirtyivät
Hukkasen työhuoneeseen. Poliisi kertoi
Tonille, että Ville oli puukottanut toista
henkilöä edellisenä iltana Opistonrannassa, ja
oli juuri tuolla hetkellä tutkintavankeudessa.

Ville meni sitten kuitenkin puukottamaan sitä
tyyppiä, Toni ajatteli, mutta ihmetteli kovasti,
miksi poliisi oli pyytänyt hänet
poliisiasemalle käymään. Eihän hän ollut
nähnyt kyseistä puukotusta tai liittynyt
muutenkaan millään tavalla tapahtuneeseen.

Kävi ilmi, että Ville oli pyytänyt poliisia
kutsumaan Tonin paikalle, jotta Toni voisi
puhua Villen puolesta ja puolustaa häntä
tuossa asiassa. Toni ei tosin keksinyt yhtään
mitään, mitä hän olisi voinut sanoa
puolustaakseen Villeä. Toni vastaili
Hukkasen kysymyksiin ja joutui mm.
kertomaan, kuinka oli nähnyt, kun Ville oli
esitellyt puukkoaan hänelle, ennen kuin oli
mennyt puistoon. Toni ei millään käsittänyt,
miksi ihmeessä Ville halusi saada hänet

paikalle kertomaan näistä asioista. Kaikki mitä hän sanoi poliisille, tulisi ainoastaan pahentamaan Villen tilannetta. Kun Toni oli saanut vastattua kaikkiin kysymyksiin, hän pääsi lähtemään poliisiasemalta.

Myöhemmin Ville pääsi pois tutkintavankeudesta ja hän kertoi oman versionsa, mitä puistossa oli hänen mielestään tapahtunut. Ville oli kertomansa mukaan mennyt puistoon kaikessa rauhassa, kun yhtäkkiä tämä toinen mies oli lähtenyt tulemaan lujaa Villeä kohti ja juossut suoraan tämän kädessä ollutta puukkoa päin. Ville kiisti puukottaneensa tätä henkilöä ja kertoi myös, että poliisit olisivat uskoneet hänen tarinaansa ja olleet samaa mieltä illan tapahtumien kulusta. Toni epäili suuresti tätä Villen väitettä. Ei kai kukaan oikeasti voisi uskoa tuollaista tarinaa? Ainakaan oikeudessa Villen tarinaa ei pidetty uskottavana, koska tuosta tapauksesta hänet tuomittiin myöhemmin ehdolliseen vankeuteen törkeästä pahoinpitelystä. Kyseinen tapaus ei kuitenkaan ollut vaikuttanut Villen ja Elinan väleihin negatiivisesti. He edelleen vakuuttivat kovasti menevänsä seuraavana kesänä naimisiin toistensa kanssa.

Kesän viimeiset bileet

Kesäloma läheni edelleen loppuaan, ja koitti viimeinen viikonloppu ennen kuin opiskelut jatkuisivat taas seuraavalla viikolla. Kesän viimeinen viikonloppu ennen koulun alkamista oli myös tyypillinen hetki, jolloin nuorisolla oli tapana kokoontua juhlimaan. Heta ja Heli olivat järjestämässä juhlia heidän äitinsä asunnolla tuona perjantaina, mutta Tonista tuntui, että hän olisi halunnut tehdä jotain hieman erityisempää. Hän ei ollut kovin innostunut pienen porukan bileistä, vaan halusi lähteä mielummin jonnekin ulos, missä olisi paljon muita nuoria paikalla. Koska Tonilla oli ollut todella mahtava juhannus Koikassa, hän ajatteli, että siellä olisi myös tuona perjantaina hyvä meininki. Toni kyseli kavereiltaan, olisiko joku

kiinnostunut lähtemään Myllykoskelle
viettämään perjantai-iltaa. Krisu suostuikin
lähtemään Tonin kanssa. Krisulla oli tosin
ollut tuona kesänä niin paljon ongelmia
alkoholin kanssa, että Toni hieman mietti
hänen kanssaan lähtemistä, mutta päätti
kuitenkin ottaa riskin ja lähteä Krisun kanssa
Koikkaan viettämään iltaa.

Toni ja Krisu saapuivat aikaisin illalla junalla
Myllykoskelle Inkeroisista, kävivät kaupassa
hakemassa jälleen perinteiset Olvin
mäyräkoirat ja lähtivät kävelemään
Myllykosken keskustasta Koikkaan päin.

Toni oli kertonut Krisulle juhannuksestaan
siellä, joten odotukset illasta olivat korkealla.

Kun he saapuivat Koikkaan, he kuitenkin
huomasivat, ettei siellä ollut ainuttakaan
ihmistä heidän lisäkseen.

"Tämäpä omituista. Juhannuksena Koikka oli
aivan täynnä väkeä. Nyt täällä ei ole ketään",
sanoi Toni.

He päättivät mennä istumaan samoille penkeille, missä Toni oli juhannuksenakin istunut, ja odotella siellä, mikäli muitakin ihmisiä saapuisi pian. He istuivatkin siellä kahdestaan pitkän aikaa, eikä ketään kuitenkaan saapunut.

"Olisi pitänyt mennä sinne Helin bileisiin", sanoi Krisu.

"Niin olisi", vastasi Toni.

Hetken kuluttua he kuitenkin näkivät, kuinka kolme tyttöä lähestyi kauempaa heitä. Ei voi olla totta, Toni ajatteli, kun tunnisti henkilöt, ketkä kävelivät penkkien suuntaan. Nuo kolme tyttöä olivat Eini ja kaksi hänen kaveriansa, keiden seurassa Toni oli juhannuksenakin viettänyt aikaa samassa paikassa. Toni oli ollut Einin kanssa läheisissä tunnelmissa juhannuksena, mutta Eini oli ilmeisesti muuttanut mielensä Tonin suhteen ja lähtenyt karkuun tuona iltana. Krisu viittoi lähestyviä tyttöjä tulemaan heidän luokseen, ja he istuivatkin poikien viereen. Krisu alkoikin juttelemaan tyttöjen kanssa, mutta Toni tunsi olonsa hieman vaivaantuneeksi heidän seurassaan, kun otti huomioon mitä juhannuksena oli tapahtunut. Eini ei reagoinut Toniin millään tavalla eikä edes vilkaissut Tonin suuntaan. Ilmeisesti Tonin kohtaaminen oli ollut Einillekin hieman kiusallista.

Kun Krisu ja Toni olivat olleet Koikassa jo pidemmän aikaa, eikä sinne ollut koko illan aikana tullut ketään muita ihmisiä kuin nuo kolme tyttöä, he ymmärsivät, ettei Koikassa tuona iltana nähtäisi sellaisia juhlia, mitä he olivat odottaneet.

"Kohta menisi juna Inksaan. Lähdetäänkö sinne Helin bileisiin sittenkin?" sanoi Krisu.

"Joo, lähdetään vaan", vastasi Toni.

He jättivät tytöt istuskelemaan keskenään noille penkeille ja lähtivät itse kävelemään juna-asemalle päin, mistä ottaisivat junan takaisin Inkeroisiin. Inkeroisiin saavuttuaan, he suuntasivat Helin ja Hetan äidin asunnon luo. Vaikka siellä olikin tiedossa vain pienet juhlat muutaman ihmisen kesken, niin nekin olisivat kuitenkin paremmat bileet, kuin mitä heillä Koikassa oli ollut. Kun he menivät asuntoon sisään, he huomasivat, etteivät ne olleetkaan vain pienet juhlat muutaman ihmisen kesken, vaan tuntui siltä, että asunnossa olisi ollut paikalla koko Inkeroisten nuoriso. Heli ja Heta olivat kyllä kutsuneet vain muutaman ihmisen heidän luokseen tuoksi illaksi, mutta sana bileistä oli levinnyt nopeasti, ja paikalle oli saapunut ainakin parikymmentä kutsumatonta vierasta. Hetken aikaa asunnolla oltuaan, Toni kohtasi jälleen tutun henkilön. Hänen toinen aikaisempi romanssinsa Isabel oli myös asunnolla. Tämä oli Tonille jo toinen hieman kiusallinen kohtaaminen saman illan aikana. Hän päätti kuitenkin mennä tervehtimään Isabelia.

"Mä koitin soittaa sulle jonkin aikaa sitten",
Toni sanoi Isabelille, koska halusi edelleen
tietää, miksei Isabel ollut vastannut hänen
puheluihinsa, silloin kun hän yritti kertoa
Isabelille, ettei enää tulisi tapaamaan häntä.

"Niinkö? Ei mun kännykkään ole tullut
yhtään puhelua sulta. Outo juttu", Isabel
vastasi.

Toni ei uskonutkaan saavansa Isabelilta
rehellistä vastausta, mutta halusi silti
kokeilla, mitä Isabel sanoisi. Tonin
senhetkinen seurustelukumppani Heta oli
myös bileissä, joten Toni ei tuhlannut
aikaansa enempää Isabelin kanssa jutteluun,
vaan lähti etsimään Hetaa. Toni ei ollut vielä
ehtinyt jutella Hetan kanssa ollenkaan tuona
päivänä, joten he vetäytyivät hetkeksi toiseen
huoneeseen kahdestaan. He eivät kuitenkaan
saaneet olla rauhassa kovin pitkään, kun aina
vähän väliä joku humalainen nuori avasi
huoneen oven ja yritti tulla sisään
huoneeseen. Toni vetikin huoneessa olleen

nojatuolin oven eteen, ettei ovea saisi niin helposti avattua. Kuitenkin hetken päästä joku yritti jälleen avata ovea ja saada nojatuolia työnnettyä pois oven edestä.

Tuossa vaiheessa Tonin hermo hieman jo petti ja hän meni nojaamaan voimakkaasti ovea vasten, estääkseen oven takana ollutta henkilöä tulemasta sisään. Oven takana ollut henkilö kuitenkin sai työnnettyä oven auki. Tuossa vaiheessa Toni hämmästyi suuresti, koska hän huomasi, että huoneeseen sisään pyrkinyt henkilö olikin sinisiin haalareihin pukeutunut isokokoinen miespuolinen poliisi.

"Kaikki ulos! Bileet on ohi", kuului asunnon olohuoneesta, jossa oli toinen poliisi häätämässä siellä olleita nuoria pois.

Ilmeisesti naapurit olivat saaneet tarpeekseen metelöivistä nuorista ja soittaneet poliisit paikalle keskeyttämään bileet. Pian parikymmentä nuorta suuntasikin ulos koko kerrostalosta. Toni meni asunnon jääkaapille ottaakseen sinne laittamansa oluet mukaan, mikäli bileet jatkuisivat jossain muualla, mutta huomasi, että joku noista kutsumattomista vieraista oli pöllinyt kaikki juomat jääkaapista. Joku oli ilmeisesti päättänyt käyttää hyväkseen tuota hämmennystä, mikä oli tapahtunut poliisien tyhjentäessä asuntoa, ja käynyt tyhjentämässä jääkaapista kaikki juomat omaan reppuunsa pois lähtiessään. Kesäloman viimeisestä viikonlopusta ei ollutkaan tullut niin legendaarinen, mitä Toni oli toivonut.

Epilogi

Lopulta kesä valitettavasti päättyi, ja syksy saapui. Oli taas aika palata kouluun. Toni aloitti kolmannen eli viimeisen vuotensa lukiossa. Myös hänen kesällä tapaamansa uudet tuttavuudet Anita ja Jenna aloittivat samassa lukiossa ensimmäisellä luokalla tuona syksynä. Aiemmista vuosista poiketen, Tonia alettiin tervehtiä lukion käytävillä, koska nykyään kaikki tiesivät, kuka hän oli. Toni oli havaittu kesällä ahkerasti kaikissa mahdollisissa bileissä ja juhlissa, joten ihmiset oppivat helposti tunnistamaan Tonin.

Kesä oli ollut kaikin puolin unohtumaton kokemus Tonille. Toni oli saanut paljon uusia kavereita ja tutustunut moniin mielenkiintoisiin ihmisiin. Toni oli saanut paljon uusia kokemuksia, ja hänellä oli myös ollut muutama romanssi tuon kesän aikana, ja olipa jopa joutunut poliisin kanssa tekemisiin, milloin missäkin asiassa, vaikkei hän itse ollutkaan syyllistynyt mihinkään. Se hiljainen ja omissa oloissaan viihtyvä Toni, joka vielä keväällä vietti viikonloppunsa tietokonepelejä pelaten, oli nyt poissa. Tonista oli tullut kesän aikana täysin uusi ihminen. Hänestä oli muodostunut sosiaalisempi ihminen sekä kavereidensa ja uusien ihmisten seurassa viihtyvä bilehile.

Toni oli tuolloin myös ensimmäistä kertaa elämässään oikeassa seurustelusuhteessa. Tonin suhde Hetan kanssa ei kuitenkaan kestänyt loputtoman pitkään. Tonin olisi nimittäin pitänyt ymmärtää varoittavat merkit Hetasta jo silloin, kun paljastui, että Hetalla olikin jo ollut poikaystävä, kun hän aloitti suhteensa Tonin kanssa. Heta nimittäin teki myöhemmin Tonille täsmälleen saman tempun, minkä oli tehnyt aiemmalle poikaystävälleen.

Kun Toni jäi keväällä koulusta kesälomalle, hän ei vielä osannut arvata, minkälaisia kokemuksia ja tarinoita kesän aikana tulisi muodostumaan myöhemmin kerrottavaksi.

Tonin kesästä voisi sanoa, että hän oli onnistunut löytämään oman tiensä Alppien yli syvälle Rooman tasavallan alueelle.